殺人館系列

殺人館系列9

殺人驚嚇館

綾辻行人

七戶優◎繪　張筱森◎譯

——獻給宇山先生和三代女士——

《殺人驚嚇館》中文版自序

綾辻行人

三年前，也就是二〇〇六年秋天，配合《殺人暗黑館》的出版，我受到皇冠出版的邀請拜訪台灣。

以前就聽說推理小說在台灣很受歡迎，當時便認為可以去一探究竟；再者，還能見到日本偵探小說專門誌《幻影城》的創辦人島崎博（傅博）先生，這也讓我十分期待。然而我非常不喜歡搭飛機，因此也不喜歡出國旅行；三年前接受邀請時，我是下了相當大的決心才確定前往。

就這樣我到了台灣，在台灣度過的那幾天，至今仍是難忘的美好回憶。例如，在台北誠品書店舉辦的座談與簽名會上，有幸與許多熱情的讀者面對面，其中還有讀者「為了閱讀日本推理小說而努力學日文」……真的讓我感動不已。

當時也認識了台灣的各位編輯與推理作家，之後在日本也有好幾次機會碰面；最近，則是收到了新銳作家冷言的新作《鎧甲館事件》，還在「後記」的部分看到自己名字……這種種，又讓我感到相當不可思議。

我想這些都是我今後會繼續珍惜的緣分。

三年前訪台時，在日本已發行的《殺人驚嚇館》，如今也即將在台灣出版了。這部作品是「殺人館」系列的第八部，與之前七部作品不同，《殺人驚嚇館》是為了系列叢書「推理王國」所撰寫的新作。「推理王國」是「獻給曾是孩童的你，以及少年少女們」，基本上是兒童取向的叢書。因此這部作品也許是全系列當中讀起來感覺最不一樣的。一改《殺人暗黑館》分為上下集的超級長篇風格，這部《殺人驚嚇館》雖為長篇卻短得令人驚訝。這樣可長可短的創作模式，對於一個作者而言是相當愉快的經驗。

自從以《殺人十角館》出道之後，名編輯宇山秀雄先生總是很照顧我，而「推理王國」系列叢書就是宇山先生退休前所推動的最後一個企劃。如同我在這本書的提字頁所言，《殺人驚嚇館》是獻給宇山先生及其夫人三代女士的作品。

然而很不幸的，該作品發行後不久──二〇〇六年八月，宇山先生驟逝。現在想起來，從他辭世到我動身拜訪台灣，只有短短不到兩個月的時間。

宇山先生和我不只是工作上的盟友，私底下更是知己，他的離開對我而言是很大的打擊，現在回想起來仍感悲痛。而我跌落谷底的心，因訪台時所受到那樣的盛情款待，又得到療癒、得到力量……

現在說出來或許有些遲，不過我還是想藉此機會向台灣的讀者表達我由衷的感謝。

〈殺人館系列總導讀〉

因推理小說而設計的殺人館（增補版）

【文藝評論家】傅博

●新本格以前

一九八七年是日本「新本格推理小說」元年，開基者就是綾辻行人。

那麼，新本格推理小說的本質是什麼呢？皆須從頭說起。

一九二三年——日本推理小說元年，江戶川亂步發表本格推理短篇〈兩分銅幣〉，奠定日本推理小說之基礎後，出現一群具有不同個性的追隨者，發表各式各樣的推理小說，這些作品包括本格推理之外，有獵奇、怪奇、恐怖、耽美、幻想、科幻等小說。當時這些作品合稱為「探偵小說」，還沒使用「推理小說」這個文學術語。

偵探在日本稱為「探偵」，為了本文的一貫性，本文一律使用「探偵小說」。探偵小說是直譯自英文之Detective Story，其含義是指福爾摩斯探案之類的解謎為主題之推理小說，換句話說，探偵小說的本質是「解謎」。

探偵小說的本質既然是解謎，為何把非解謎為主題的小說也稱為探偵小說？探偵文壇引起熱烈的討論，因篇幅有限，不記述其討論的經過，只談結論。

以二分法做區分，解謎為主題的稱為「本格探偵小說」，其他非解謎為主題的合稱「變格探偵小說」。現在之最廣義的推理小說，包括奇幻小說和科幻小說，近年又稱為「娛樂小說」。

「本格」的意思是正統、正規。「變格」就是變則、不正規。這種二分法一直沿用到一九五七年，這段期間，戰前的主流是變格，戰後是本格。

一九五七年可以說是社會派推理小說元年。這年松本清張在旅遊雜誌《旅》月刊二月號開始連載《點與線》（翌年一月完結），並在《週刊讀賣》四月十四號開始連載《眼之壁》（十二月二十九日號完結），這兩長篇於翌年二月，同時從光文社出版。

這兩書的內容與以往的探偵小說不同，是以寫實的手法，探偵小說的形式、揭曉社會黑暗面，而重視犯罪動機。以上四點是松本作品的特徵，出版社為了與探偵小說劃清界線，稱為「社會派推理小說」。

社會派與推理小說，原來是互不相干的文學術語。凡是具有社會批評精神的小說稱為社會小說，專寫社會小說的作家稱為社會派作家，「推理小說」是二次大戰後，就與探偵小說並用，兩者同義。

因為二次大戰結束後，日本政府為了整理繁雜的漢字，便禁止部分漢字的使用。「偵」字也被列為禁止使用，以平假名（日本文字，同時是注音符號）之「てい」代替。「探てい小說」這字眼，看起來怪怪的，沒有安定感，所以有人主張以「推理小說」代替「探偵小說」四字，由此就有人開始使用。但是，不久「偵」字解禁。之後十年，探偵小說為主、推理小說為從，並行使用。

話說同年十一月，獲得第三屆江戶川亂步賞的仁本悅子之《貓已知情》出版，本書雖然不具社會批評精神，卻是一部寫實，不以怪奇、幻想等包裝故事的本格探偵小說。如果要歸類，應該稱為「寫實派推理小說」，不知何故被歸類為社會派推理小說。不只如此，凡是五七年以後發表的探偵小說，一律稱為社會派推理小說，簡稱為推理小說，從此沒有人使用探偵小說。由此，可看出一個公式：

「清張以前」，指一九五六年以前。其作品稱為探偵小說，其本質是浪漫文學。

「清張以後」，指一九五七年以後。其作品稱為社會派推理小說或推理小說，其本質是寫實文學。

清張以後的推理小說，雖然不再分為本格和變格，仍然是多采多姿的，而按其主題，有本格推理（狹義的推理小說）、冷硬推理、懸疑推理、間諜冒險、法庭推理、警察搜查、醫學推理（以上七類屬於中間義推理小說），以及犯罪、冒險、國際謀略（以上三類屬於廣義推理小說）。

松本清張發明社會派推理小說之後，也出現了一群屬於清張作品系列的追隨者，但是其大部分作家，不到幾年就改弦易轍，撰寫非推理小說。社會派（指具社會批評精神）推理小說，事實上成為松本清張等幾位作家之孤軍奮鬥的局面。直到一九六九年，森村誠一和夏樹靜子加入陣營之後，才確立一席之地，但是並非主流，是如上述各派系之群雄割據的推理文壇。

●綾辻行人與新本格推理小說

在這樣的情況下，一九八七年九月，綾辻行人帶了《殺人十角館》登上推理文壇。不但是出版本書的講談社編輯部，誰都預想不到事後會成為「新本格推理小說」之原點。

本書以「講談社小說叢書」出版時的書帶之推薦句是「本格推理，還有這種大詭計！」並沒有使用「新本格」三字。清張以後，推薦句中的「本格推理」，已很少人使用，六年前同叢書出版島田莊司之《占星術殺人魔法》後才復活的。《殺人十角館》的賣點是解謎，編輯部請島田在本書末寫了一篇〈推薦〉。

《占星術殺人魔法》是以戰前之連續分屍案為主題之古色古香的本格推理小說，與清張以後的寫實推理截然不同，雖然獲得部分推理小說迷的支持，卻是一部毀譽褒貶不一的作品。出版後一直沒有出現追隨者，島田莊司為「本格探偵小說」的復辟，孤軍奮鬥六年，終於遇到知己綾辻行人，島田的興奮情況，從〈推薦〉一文不難看出。

綾辻行人，本名內田直行，一九六〇年十二月二十三日，生於京都市。京都大學教育學院畢業，同大學院教育學研究科博士後期課程修畢。

綾辻自幼小就喜歡看書，小學四年級時，首次閱讀推理小說——盧布朗之《奇巖城》少年版和江戶川亂步之少年推理小說《妖怪博士》後，成為推理小說迷，並做推理作家夢。他考進京都大學後，立即參與京都大學推理小說研究會。

在日本，大學的推理研究社團，大多是以推理小說的欣賞和研究為主旨，其研究成果發表在社團雜誌。京大推研即創作、研究並重，它有兩種社團雜誌，對外發行之《蒼鴉城》年刊，即是發表創作的專刊，另外有內部發行之《推研通信》月刊。

綾辻在《蒼鴉城》發表不少推理小說。這些習作，日後都改稿結集出版。大學四年級時，為了實踐小學的作家夢，應徵江戶川亂步賞，雖然只擠進第一次預選，沒得獎，卻給他十足的信心，這部作品名為《追悼之島》，即是八年後改稿易名出版的《殺人十角館》。

一九八四年一月，綾辻在立命館大學推理小說研究會舉辦的演講會認識講師島田莊司，當時島田出道不久，為本格探偵小說的復辟孤軍奮鬥中，兩人意氣投合。《追悼之島》的改稿，就是島田的提議。

《殺人十角館》與清張以後的解謎推理小說不同之處有兩點，第一是為殺人詭計而特別設計一棟異常的十角館，第二是大量殺人。從寫實的立場來說，是「不自然」。而與清張以前的本格探偵小說相比較，是過於寫實，不夠浪漫，也許這就是本書的優點。

不管如何，之後被視為「新本格推理小說」之原點的最大因素，是在本書第一章開頭，作者藉登場人物艾勒里所說的這段話：

「所以，我不要日本盛行一時的『社會派』型的寫實主義。女上班族在小套房被殺，磨損鞋底的刑警，費心思所逮捕的兇手是情人又是上司——作罷。什麼貪污、政界內幕，什麼扭曲的現代社會引起的悲劇，這些請退場吧。最適合推理小說的是，不管如何被指責為不合時宜，還是名偵探、大宅邸、形跡可疑的居民、血腥的慘案、不可能犯罪、破天荒的大詭計……荒唐無稽更好。重要的是在推理小說的世界享受樂趣就好了。不過，需要理性的。」（筆者譯自原文）

這段引文，本格派推理評論家認為是綾辻行人的「本格宣言」，規範了之後的新本格派作品。

要確立一個新世界，最重要的是前仆後繼的力量——人才以及作品的質與量。僥倖的是翌八八年，「講談社小說叢書」推出了三名新人的作品，即齋藤肇之《如願收場》、歌野晶午之《長房屋之殺人》與法月綸太郎之《密閉教室》。而綾辻行人單獨出版了《殺人水車館》、《殺人迷路館》和《魔女狩獵遊戲——紅色殺人耳語》三書。講談社將這些作品稱為「新本格推理小說」，作為賣點。

同年，出版歐美推理小說聞名的東京創元社，請本格推理大師鮎川哲也，主編一套本格推理小說叢書「鮎川哲也與十三之謎」十三集。這年出版了折原一之《倒錯的死角》、山崎純之《死是甜蜜而苦澀》與岩崎正吾之《風啊、綠啊、故鄉啊》三書，三位作者都是新人。

之後，兩出版社每年推出新人。於一九九〇年東京創元社創設鮎川哲也賞，一九九六年講談社設立梅費斯特賞，公開徵文。二十年來，兩出版社是新本格推理小說的原動力，所推出的作家近於百名，他們雖各具獨特的作品風格、寫作技巧、推理小說觀，但他們唯一的共同點是「反社會派、反寫實」——新本格推理小說的本質。

●人間悲劇——「殺人館」系列

二十年來，綾辻行人所建造之奇形怪狀的殺人館有八棟，當初的計畫是要建造十棟，還有兩棟未完成。稱為「殺人館」系列的這八棟殺人館的共同點有三。

這些殺人館的構造，都是為了殺人詭計而特別設計的，每集都附錄平面圖。

故事上的設計者是住在角島青色館的異端建築家中村青司。青色館也是中村自己設計的，天井、地板、四周的牆壁以及家具，清一色的藍色。但是，十角館命案發生的半年前，即一九八五年九月二十日早晨，發生火災而燒毀，中村夫妻和傭人都在這場火災中喪命。中村青司與各殺人館命案沒有直接關係，是象徵性人物。

解決各館命案的偵探是島田潔。讀者看到島田潔三字，會聯想到什麼？是的，這是組合島田莊司的「島田」，和他所塑造的偵探御手洗潔之「潔」而來的。他是九州大分縣＊市某寺院住持的三男，父親還健在，沒事可做。每天讀推理小說消耗時間，遇到死人就為其念經。

已經出版的「殺人館」系列八集，都是長篇。前七集原版都是「講談社小說叢書」版，三年後，都改為「講談社文庫」版。現在按其出版順序簡介如下：

一、《殺人十角館》：

一九八七年九月出版，「殺人館」系列第一集，眾所周知之新本格推理小說的原點。一九八六年三月下旬，K＊＊大學推理小說研究會的六名成員，來到九州山崎對岸的角島度假，這無人島四周是斷崖絕壁，島上曾經有一座青色館，半年前因火災燒毀，現在只剩下別館——十角館。

從上空俯瞰，十角館呈正十角形，中央是大廳，四周有十個房間，度假的學生分別住在這些房間。館內發生連續殺人事件，六名學生死盡。是一部克莉絲蒂之《誰都不在》系列上的作品。作者以第三人稱多視點，交互記述本土與孤島的動靜。讀者可以參與解謎之挑戰型本格推理小說。

二、《殺人水車館》：

一九八八年二月出版，「殺人館」系列第二集。充滿怪異氣氛的水車館，建立在岡山縣北部的深山中，環繞四周的堅固外壁和聳立在四角落的塔屋，誠如歐洲的古城堡，城壁裝設三座水車以自家發電。作者把殺人舞台設定在岡山，不外是向本格推理大師橫溝正史表示敬意，因為橫溝的許多傑作的殺人舞台都是在岡山。

水車館館主藤沼紀一，四十一歲。因車禍成為戴假面具、坐輪椅的殘障者。妻子由里繪是十九歲的美少女。父親成一是已去世的幻想派畫家，他是可透視未來的幻視者。紀一每年在水車館開一次成一的畫展，招待與父親有關的人士。去年展覽期中，發生殺人事件，案件未破。今年，即一九八六年九月二十八日，來賓又被殺。作者以紀一之第一人稱記述現在，作者的第三人稱記述過去。

三、《殺人迷路館》：

一九八八年九月出版，「殺人館」系列第三集。本書的結構很特殊，綾辻行人之《殺人迷路館》裡面另有一本鹿谷門實之《殺人迷路館》，版本是『稀譚社小說叢書』，其內容佔本書的十分之九。是一部三重構造的套匣型敘述推理小說。故事從一九八八年九月二日，島田潔收到鹿谷門實之《殺人迷路館》一書寫起，由此島田想起去年四月，在迷路館發生的殺人事件之經過和收場。島田於是開始閱讀這本現實事件的小說化故事，但鹿谷門實到底是誰？

迷路館建立在京都府丹後半島的地下。四周有十八個房間，中央是迷宮，從一間房間要到另一間房間，需要經過迷宮。館主是推理文學大師宮垣葉太郎，六十歲。他招待四位推理作家和一名評論家、一名編輯來迷路館。宮垣留下遺書自殺。遺書內容是遺產要贈與四位來館的作家，條件是在五天內完成一篇以迷路館為舞台，自己為被害者的推理小說，由在席之評論家等評審。最優秀作品的作者有權繼承財產。可是他們個個都以自己構想的殺人方法被殺。

四、《殺人人形館》：

一九八九年四月出版，「殺人館」系列第四集。人形館建立在京都市左京區之安靜的住宅區。館主飛龍高洋是一位畫家，去年十二月自殺，去世後與父親分居的想一，搬回來與母親實和子同居。日語「人形」是娃娃之意，高洋在世時，收集了六個等身大小的人形，這些人形都有些損傷，高洋為何收集這種有損傷的人形呢？人形館是和式的家屋，因為放置這些人形，所以叫做人形館，想一和母親居住在這裡，人形館另有一棟二樓的洋式別館，以走廊互相連結。

想一搬回來之後，人形被塗上顏料、預告殺人的信、因火災伯母被燒死等事件發生。而京都市內發生連續少年殺人事件。全書以想一的視點記述。

五、《殺人時計館》：

一九九一年九月出版，「殺人館」系列第五集。第四十五屆日本推理作家協會獎得獎作品，日語「時計」是時鐘之意。時計館是前館主古峨倫典在鎌倉市東北部森林中建造的。從上空俯瞰呈鐘擺形，全棟沒有窗戶，宛如監牢。十年前，在倫典的十四歲女兒永遠自殺。之後，時計館出現永遠的幽魂。

這次破案的主角是劇中劇《殺人迷路館》之鹿谷門實，和十角館命案時，參與破案的大學生江南孝明。他已畢業，現在是稀譚社發行之怪奇雜誌《CHAOS》之編輯。一九八九年七月三十日，《CHAOS》一行十一人來到時計館，探訪幽魂的真偽。於是殺人事件相繼發生。四十萬字巨篇。綾辻行人之代表作。

六、《殺人黑貓館》：

一九九二年四月出版，「殺人館」系列第六集。黑貓館建立在北海道阿寒。館主是H＊＊大學副教授天羽辰也，現在生死不明。黑貓館是一棟二樓房屋，與其他殺人館比較，構造單純多了。外觀很像蹲伏的貓，屋頂上的貓型風向器、庭院放著貓型的東西等，是黑貓館名稱的由來。

一九九〇年六月，推理作家鹿谷門實收到因為火災失去記憶的老人鮎田冬馬的一本手記，他原來是黑貓館的管理員，手記的內容是記述一九八九年八月一日至四日，在黑貓館發生的悲劇，他請鹿谷解謎。於是七月八日，鹿谷、江南孝明和鮎田三人來到現在是空屋的黑貓館。故事分為八章，過去和現在交互記述，奇數章是鮎田老人的手記，偶數章由作者記述推理的過程。

七、《殺人暗黑館》：

自二〇〇〇年三月至二〇〇四年五月，在講談社之文庫情報誌《IN★POCKET》月刊連載四十七回的百萬字巨篇。二〇〇四年九月分上、下兩冊出版，「殺人館」系列第七集。暗黑館建立在九州熊本縣Y＊＊郡山中湖內之小島上。明治時代（約百年前），大富翁浦登玄遙建置的，幾次改建後，戰後由異端建築家中村青司改建為具十角塔，東、西、南、北四館包圍中庭的漆黑之現在暗黑館。故事從江南孝明回鄉途中，知悉熊本山中有中村青司改建的暗黑館，因好奇心來到暗黑館，從十角塔的涼台掉下，被中也與浦登玄兒救出。

故事複雜離奇，由江南、中也、市朗少年等不同視點記述。文中隨處提到以往六棟殺人館的登場人物逸事。

讀者如要閱讀系列作品，最好按作者之創作順序閱讀，這樣做，可看出作者的思想和成長。「殺人館」系列也不例外，發表《殺人十角館》當初，綾辻還沒有考慮到館之系列化，出版社要他撰寫第二篇作品時才想到，為詭計而設計各種殺人館，而系列化。初期之十角、水車、迷路、人形四館的共同點，只是中村青司所設計的館，所發生的連續殺人事件，由偵探島田潔推理、解謎、破案而已，沒有連結點。

但是，第五部《殺人時計館》卻不同，在十角館協助島田潔解謎的江南孝明之外，部分人物、事物也在本書出現，做了五書的部分連結工作。而偵探也易名為鹿谷門實。從此可看出綾辻行人的軌道修整。

花了四年功夫完成的《殺人暗黑館》就是綾辻思想的集大成。筆者預測，綾辻完成十棟殺人館時，這群「人間悲劇」（©筆者）可與巴爾札克之《人間喜劇》比美。

八、《殺人驚嚇館》：

二〇〇六年三月出版，「殺人館」系列第八集。本書與前七集不同之處是改由講談社「推理王國」版出版。是一套以少年少女為讀者對象的推理小說叢書，與現在流行之「輕小說」比較，品質普遍高雅。本書也不例外，文字雖然淺易，故事比較簡單，但是還經得起推理小說迷閱讀。

故事由永澤三知也的回憶形式記述。驚嚇館是古屋敷龍平於一九六四年，為了養女美音在神戶市近郊的A＊＊市六花町所蓋的一棟二樓的洋房。因房間裝置巧妙的機關之外，也為美音收藏了精緻的詭計玩具，所以被稱為驚嚇館。

「我」小學六年級時，偶然的機會認識古屋敷龍平的孫子俊生，與「我」同年十二歲，與祖父兩人住在驚嚇館。之後，有機會「我」就去驚嚇館找俊生玩。一九九四年十二月二十五日聖誕節那天，古屋敷老人招待「我」與俊生家教新名努、「我」的同學湖山葵等三人。「我們」按時到達驚嚇館時，古屋敷已被刺殺，陳屍在有裝置巧妙機關的密室裡，「我們」三人破門而入。

翌（九五）年一月初旬，「我」與父親移民美國。十七日，神戶發生大地震，A＊＊市的災害雖然不大，警局已不能投入大批刑警辦案，殺人事件成為謎。七年後，「我」為了升大學回國，之後「我」回憶事件的經過，並揭開事件真相。

◎傅博：文藝評論家，另名島崎博、黃淮。一九三三年出生，台南市人。於早稻田大學研究所專攻金融經濟。滯日二十五年，撰寫作家書誌、文化時評等，與三島由紀夫夫人瑤子合著《三島由紀夫書誌》。曾任幻影城社總編輯，主編《幻影城》、《另冊幻影城》、《幻影城評論研究叢書》、《幻影城小說叢書》。一九九七年底回台定居，曾策劃主編《日本十大推理名著全集》、《日本推理名著大展》、《日本名探推理系列》、《日本當代女性作家傑作選》、《日本當代名家傑作選》、《推理文學館》等，合計六十餘集。二〇〇八年榮獲日本第八屆本格推理小說大獎之特別獎。二〇〇九年三月出版《謎詭・偵探・推理》（獨步文化）。

〈本書導讀〉

驚愕、激賞和欣喜的集合

【推理評論家】杜鵑窩人

看完綾辻行人的新書《殺人驚嚇館》的第一個印象就是驚愕、激賞和欣喜，這三個反應產生且依照這個順序排列下來。

驚愕，無疑地是我的第一個反應，因為讀者經過了前一本《殺人暗黑館》的超長篇折磨之後，接著出現的《殺人驚嚇館》竟然是一本不到八萬字的中長篇，無疑地，這種巨大的反差會讓讀者以為自己是不是買錯書了。說句實在話，如果可以對全台灣的推理迷們做個民意調查，那麼他們心目中最有名的日本建築師，既不會是設計了龍巖人本櫻花墓園的安藤忠雄，也不可能是二〇〇九年高雄市世界運動會主場館「龍騰」的建築師伊東豐雄，而是設計出一連串「館系列」裡面各個特殊建築物的建築師中村青司！從《殺人十角館》開始，台灣的推理小說讀者就一直和綾辻行人筆下的那位建築師中村青司的作品糾纏不清，雖然出版的每一本作品評價或有高低，但是「館系列」卻一直是綾辻行人系列作品中大家的最愛。不過，由於前一本《殺人暗黑館》篇幅太過冗長，很多推理迷都只能草草翻過，甚至連推理小說作家藍霄兄也不例外地自我承認。而我雖然認真地將《殺人暗黑館》讀完，卻也頭痛萬分，因此對於下一本「館系列」有些不敢恭維，幾乎可以說失去了期待。沒想到綾辻行人給讀者的卻是如「驚嚇箱」地意外驚愕，這本作品雖然輕、薄、短、小，卻是一點也不負「館系列」的名聲。我相信凡是「館系列」的老讀者一拿到《殺人驚嚇館》這本書，一定也是和我出現一模一樣的驚愕反應才是。

激賞，則是閱讀完這本書的第二個反應。這本《殺人驚嚇館》是綾辻行人老師為了「推理王國」系列的創作；因為從《殺人十角館》以降的「館系列」幾乎都是適合成年讀者的本格推理小說，如何將這種懸疑、恐怖且略帶血腥的故事風格轉化成「推理王國」系列那種可以提供讓少年少女有趣閱讀的感覺，這無疑地對作者綾辻行人是莫大的挑戰。結果，綾辻行人成功地串聯了中村青司、鹿谷門實和書中的主角永澤三知也及整個故事，不僅以前讀過「館系列」的讀者依然可以享受那種本格解謎的氛圍，也應該可以認同《殺人驚嚇館》是「館系列」的一份子，不會因為這本書特殊的調性而排斥它。而縱使沒有讀過「館系列」的讀者，亦能夠在這本書中感受到屬於這個系列作品的特殊魅力，不僅沒有接受和閱讀的困難，更會促使這些讀者去追尋其他「館系列」的作品。綾辻行人面面俱到地照顧到兩方面讀者的用心，真的是值得讚賞。

對於《殺人驚嚇館》的第三個反應則是，欣喜。因為綾辻行人出版的這本書，也意外地為台灣推理創作指出了另一個極為可行的方向。台灣的推理創作一直在題材選擇上有著範圍太過狹隘的問題！同時也由於這個缺點，讀者不僅不易對本土推理小說產生共鳴，進而也使得願意接受台灣推理創作的讀者群人數受到了極大的限制。但是，經由對台灣推理創作極為關心的綾辻行人老師這本作品，無疑地告訴了台灣的推理小說創作者，只要抓住了方向和對象，加上掌握好故事的敘述，縱使是推理小說，也可以把讀者群擴展到少年少女階層的範圍。亦即是說，推理小說既可以像以前的「館系列」那樣屬於成人世界的閱讀氛圍，也可以像《殺人驚嚇館》這樣的雖是小品，卻極具魅力地大小通吃，老少咸宜。

本書的主角永澤三知也就曾經這樣地認為，所謂的「驚嚇館」不只是可能在這棟建築物裡面藏著各式各樣讓人意想不到的驚嚇箱而已，甚至連屋子本身都可以給人一種看似驚嚇箱的感覺，而實際上也正是如此。不過，身為一個讀者，我倒是更進一步地認為，綾辻行人寫作這本作品《殺人驚嚇館》的時候就已經用充滿開玩笑的遊戲心態，讓這本書從裡到外都處處充滿驚奇，使得讀者，尤其是「館系列」的老讀者，都宛如像是打開驚嚇箱的小朋友，永遠不知道裡面是甚麼，卻讓人期待那打開的瞬間帶來的驚愕、激賞和欣喜！

名家推薦

回溯童年記憶中的那幢驚嚇館，在口耳之間、街頭巷弄遍佈著關於老房子的驚悚傳說，神秘建築裡面有著老人、小孩及玩偶，並散發出陰森詭異氣息。住在角色們腦中的過往、十年前密室殺人案的真相、濃密的不安及詭譎氛圍，組織成一本小而美的館系列之作。

——【暨南大學推理同好會顧問】余小芳

綾辻那猶如頑童般的惡作劇性格原本就是明顯的館系列特色，這次他將所有的遊戲成分凝縮成玩具般的驚嚇館，在上面鋪陳出一個有著少女恐怖漫畫細緻質地的過往，並藉由「時間」的介入，讓讀者感受到混合著戰慄、痛苦、惡意、瘋狂以及純然的極端。《殺人驚嚇館》就像是一夜長大的五歲男孩，狂暴的敲打出成長、與莫可奈何的嘆息。

——【推理評論家、MLR推理文學研究會成員】曲辰

《殺人驚嚇館》以被孤立的童稚生命為主角，透過死亡的多重對位，呈現出隱藏在純真闇影中的恐怖感。在充滿秘密的闇色空間中，慾望與哀傷的力矩無法止歇地吟哦著，生命的偶化與機械擬態，流淌著無法逆反的宿命悲劇。綾辻行人獨特的詭譎魅力，透過這被死亡記憶規訓的驚嚇之館，將汨汨流出血色殺意，異化為純白的驚悚美學。

——**【中興台文所助理教授、ＭＬＲ推理文學研究會成員】**陳國偉

驚嚇館二樓部分平面圖(1)

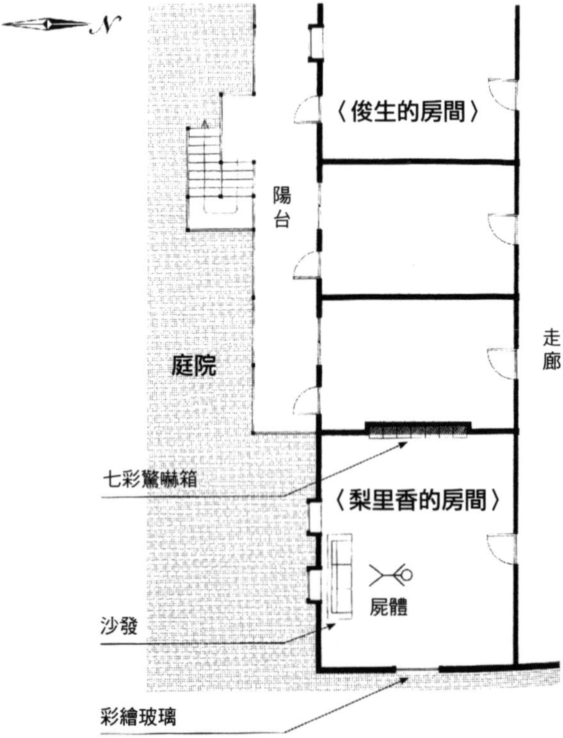

驚嚇館二樓部分平面圖(2)

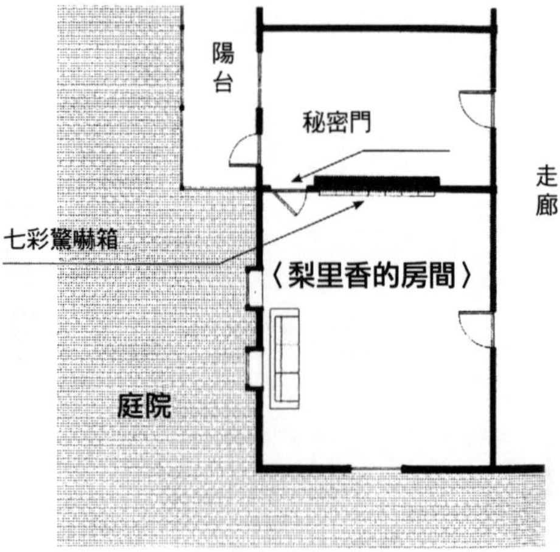

contents

主要登場人物

永澤三知也——故事的敘述者。小學六年級的夏天在「驚嚇館」認識了俊生，兩人成為朋友。

十志雄——三知也的哥哥。

比出彥——三知也的父親。

古屋敷龍平——「驚嚇館」的老主人。

美音——龍平的養女。

梨里香——美音的女兒。

俊生——梨里香的弟弟。

關谷——古屋敷家的幫傭。

新名努——大學生，俊生的家庭老師。

湖山葵——努的表妹，三知也的同班同學。

中村青司——神秘的建築家。

鹿谷門實——神秘的推理作家。

第一部

驚嚇館的回憶

1

那是距今多年以前的事情。

在那棟房子裡有著上了年紀的老先生和內向的少年，以及有點古怪的人偶。

人偶的名字叫梨里香，和年老的屋主死去的孫女同名。

少年的名字叫俊生，是小梨里香三歲的弟弟，而我和俊生則是朋友。

那時候，我還是個小六生。俊生雖然和我同年，卻比我小一屆。他似乎是因為常常請假沒有去上學，所以才會晚了一年。

即使如此，俊生還是比我班上的同學都要來得聰明，至少我是如此認為的。

他比誰都還喜歡看書，也知道很多大家都不知道的事情。他身材瘦小，看起來身體很差，但是有著白皙端正的五官。如果換個髮型和服裝，騙人說他是女孩子也沒問題。

俊生雖然內向，卻不知為什麼有種不屬於他這個年紀的成熟感——至少我感覺俊生有著其他小孩沒有的、不可思議的魅力。

俊生家位在兵庫縣Ａ＊＊市高地上歷史悠久的屋敷町❶郊外。

那一帶蓋了不少有著寬廣庭院和高聳圍牆的豪宅，而俊生家那棟洋館散發出一種非常特殊的氣氛，看起來彷彿裡面有著「什麼秘密」。附近的孩子們總是半好玩地四處散播關於那個「秘密」的傳聞——

於是，當時的我們便這樣稱呼那棟房子。

「屋敷町的驚嚇館」——

2

我之所以會思索起塵封在心裡角落多年的「驚嚇館」的記憶，其實是有原因的。事件的契機在於我在六月五日星期天的下午，在某家舊書店偶然拿起了一本書。

那是一家開在學生街一角的老式舊書店。平常我總是經過店門口，從未踏進店裡過。那天不知為何就這麼走了進去——要說這件事情本身是出於奇妙的偶然，也的確是

❶「屋敷」一詞在日文中有豪宅之意，驚嚇館所在地的六花町是豪宅集中地，因此書中人物有時會將六花町稱之為「屋敷町」。

如此。

看店的是一個男人，他在梅雨時節卻穿著一身黑色斗篷似的鬆垮衣服。因為這家店很小，不太可能雇人看店，所以我想他應該就是老闆。明明在室內，他卻把頭深深地藏進連衣帽裡，讓我看不清楚他的臉孔。不過從那句嘶啞的「歡迎光臨」聽來，可以知道他是個老人。

雖然還是白天，店裡卻很陰暗，沒有顏色的灰塵在快要熄滅的日光燈下飛舞著。

高達天花板的書櫃裡緊緊地塞滿了各式各樣的書……

在最裡面的書櫃，恰好和我的臉同高的那一層書架裡，有一本被抽出一半的書。那本書似乎在說「快把我抽出來」——這又是個要說奇妙，也的確十分奇妙的偶然。

然而，我認為這世上的事情就是像這樣，即將發生某件特殊的事情時，就會接二連三地發生奇妙的偶然。

《殺人迷路館》鹿谷門實

從書名就知道這是本推理小說。

小時候我非常喜歡《少年偵探團》❷、《怪盜亞森羅蘋》之類的作品，但是在某個時期之後，我就完全不碰這類的書了。與其說是「慢慢地不看了」——不如說是因為太喜歡，反而不想看了。

因此直到現在，我所讀過的成人推理小說，數量寥寥可數，對於「鹿谷門實」這個名字當然也沒有任何感覺。要不是在這天碰上了一連串的偶然，說不定我一輩子都不會知道這本書的存在。

首先引起我注意的是書名中的「迷路館」這個詞。

我一方面單純地覺得這個詞很有趣，一方面也可能是突然懷念起自己長久以來敬而遠之的推理小說。又或許是在那一瞬間，我已經不自覺地對這三個字產生了某種反應，翻出了塵封在心裡角落已久的「驚嚇館」的回憶。

總之，我就是默默地從書架上抽出那本書，拿在手上，然後——

我看了一眼被手垢弄得有點骯髒的褪色封面後，翻到背面一看，不由得「咦」了一聲。

封底除了有介紹內容的短文之外，還印著寫有「作者近照」四個字的作家照片。看

❷《少年偵探團》系列小說是日本推理小說之父江戶川亂步在一九三六年所發表的少年推理小說，系列總共二十六冊。

到照片的瞬間，我不禁有些驚訝。

那是一張瘦骨嶙峋的淺黑色臉孔，有著一對眼神銳利、眼窩卻有點深的雙眼，以及不太高興似地抿得緊緊的雙唇……

這個人是？——啊！說不定是……

從遙遠的回憶中傳來某種鈍鈍的疼痛感。

莫非很久以前我曾經見過這個人？

我跟這個人在某處見過面……地點是在哪裡？我們又為什麼會見面？

我翻到書的最後面——版權頁確認了一下。

上面寫著「昭和六十三年九月五日初版發行」。昭和六十三年就是一九八八年，也就是說這本書是十七年前出版的……

書的內容我連看都沒看，就直接拿著它去櫃台結帳。

看似老闆的黑衣老人，不論是結帳的時候，還是我走出店外的時候，一直都把臉藏在連衣帽裡。他只對我說了一句：「請多小心。」

3

那天，一回到獨居的單人套房後，我便立刻讀起《殺人迷路館》。

根據書後面所附的「後記」所述，這本小說雖然是以小說的形式發表，然而卻是從實際發生過的案例改編而來的。故事的舞台「迷路館」是一棟宛如角色扮演遊戲中的城堡地牢那樣有著地下迷宮的奇妙建築物，就坐落於京都的丹後半島上。

而這本小說正是描寫發生在那棟「館」中，怪不可言的連續殺人案件。

——內容的確十分有趣，但是與其相比，我卻對故事中某個登場人物的名字產生強烈的反應，甚至比讓我感覺「以前曾經見過」的推理作家照片的反應更為強烈。

中村青司。

這就是那個名字。

書中那名設計了「迷路館」的神秘建築家，正是中村青司。他雖然已經離世，據說仍在各處留下了幾棟奇妙的「館」。

中村、青司……

——於是外公便委託了某位建築家。

記憶中響起了這個聲音。猶如「一幅畫」似地浮現在我腦中的是那個古怪的……

「梨里香」的臉。那張嘴配合著說話聲啪嗒啪嗒地開合著。

——那個建築家的名字叫做ㄓㄨㄥㄘㄨㄣㄑㄧㄥㄙ……

ㄓㄨㄙㄘㄨㄣㄑㄧㄙㄙ……建築家，中村青司。

對，就是他沒錯。

這個名為中村青司的人物，是確實存在的建築家。

——他所設計的就是這棟房子……驚嚇館，對吧？

這個聲音是——當時在那個房間上演的詭異腹語表演中的台詞……

4

一旦開始在意，我就變得坐立難安。

因此我試著以「中村青司」和「驚嚇館」兩個關鍵字，在網路上搜尋相關的消息，結果很快地就找到不知是什麼人架設的網站。

中村青司的「館」和殺人案件。

我不禁嚇了一跳。

看來中村青司所設計的「館」似乎都和「殺人案」脫不了關係。《殺人迷路館》中也有類似的記述，不過我萬萬沒想到居然有人以此為主題架設網站。

網站首頁上並排著幾個由青司設計的「館」名，然後我……

……找到了！

那上面有「驚嚇館」這個名字。

的的確確是首頁裡其中一個名稱——

雖然有些猶豫，不過我仍然移動滑鼠點了進去。

兵庫市A＊＊市六花町四十九番地的古屋敷宅邸，通稱驚嚇館。

在一九九四年十二月二十五日晚上，館內發生了殺人案件。

被害者是屋主古屋敷龍平，七十一歲。

犯人身分至今不明。

一般認為犯人極可能是打算入屋行竊的小偷，但是遲遲未能找到決定性證據，使警方的調查陷入僵局……

我讀著網頁上顯示的文章，但並不感到驚訝，而是陷入了混亂。

明明房裡只有我一人，我卻感覺似乎有人在某處窺視我。我不禁回過頭去，看著窗戶的方向。心中湧起一團灰色的迷霧，逐漸擴散開來。

我……

我當然知道這個案件。

不，不僅只是知道而已，因為第一個發現這樁命案的人不是別人，正是我自己。

一九九四年的十二月二十五日——

距今正好十年半前的那一天，聖誕節的晚上，在那棟「屋敷町的驚嚇館」的其中一個房間，的的確確發生了那麼一件殺人案件。

我當然知道那件事。

即使事過境遷，只要稍加回想，我依舊能清楚憶起案發時的狀況。

雖然那是長久以來塵封在內心一隅的記憶，但我並沒有忘記，應該說不可能忘記。

那是，沒錯……

驚嚇館的密室

1

……我記得是那天晚上七點半的事情。

我們，包括我——永澤三知也和同班同學湖山葵，以及當時唸大學三年級的新名努大哥三個人站在那間房門前的時候，房門的確是鎖上的。

即使握住門把又推又拉的，那扇漆成粉紅色的門扉依然動也不動，我的確確認過這件事。而且就算我們透過門扉大聲叫喊著，裡面的人也沒有傳出任何回應的聲音。

但是那個時候，房間裡應該是有人的，屋主古屋敷龍平先生應該正等著我們到來。

「古屋敷先生？」

新名大哥反覆叫了好幾聲。

「古屋敷先生，你在嗎？」

他一邊叫著一邊以拳頭敲了好幾次房門，然而，還是沒有任何回應。

此時，外面已經下了一陣子的雪。當我們的叫聲和敲門聲一停下來，館內立刻陷入了一陣死寂，安靜到讓人覺得詭異。

這是棟兩層樓的建築物，二樓最東邊的房間被稱作〈梨里香的房間〉我們擅自稱呼那間房間為〈人偶的房間〉或是〈驚嚇的房間〉。

連接著東西兩邊的長長的走廊中間，有一道從一樓延伸而上的階梯。從階梯走上來，轉往左邊，就會走到我們目前所在的〈梨里香的房間〉，而隔著兩個房間就是〈俊生的房間〉，那個房間有一扇漆著明亮水藍色油漆的房門。

新名大哥稍微轉頭瞥了那道門一眼後，朝著眼前的粉紅色房門蹲下身來，把眼睛湊到門把下的鑰匙孔窺視後，自言自語道：

「看來裡面插了鑰匙。」

我很清楚地記得古屋敷先生拿的鑰匙，那是現在任何一家鎖店都沒在賣的、古色古香的大型鑰匙。

「這麼說來，古屋敷先生果然在這裡……」

新名大哥話說到一半，轉頭看著我說：「永澤，我們合力撞開這道門吧。」

2

幸好門是內開式設計的，所以從外側施力多少會有效果。我和新名大哥在走廊上以最大限度的距離助跑後，一起喊著：「一、二、三！」接著同時以肩膀撞向房門。

在我們試第三次時，傳出了嘰的一聲。

第四次時，房門發出了輕微的斷裂聲。

第五次、第六次，門終於打開了。然而——

我們卻看見了難以置信的光景。

3

在寬敞的西式房間深處，有張擺在正面偏左、緊靠著牆壁的氣派三人沙發。沙發的靠背處於兩星期前的俊生生日派對上被刀子割壞了，上頭留下了用布塊修補的痕跡。沙發正前方是鋪著紅色地毯的地板，而——

古屋敷先生就倒在地板上。

他穿著和兩星期前相同的黑色厚毛衣和暗紅色的背心。他雖然面朝下，但是臉卻像是將下巴向前突出似地朝著前方，有如聖誕老人的長長白鬍鬚在地板上伸展開來。他以恐怖的表情盯著空中看，動也不動……

我在第一時間還以為古屋敷先生是心臟病發作，但我立刻察覺到事實並非如此。因為我看到那把深深地插在他背上的刀子，和它的金色刀柄。從我和新名大哥背後窺看室內狀況的小葵微弱地「啊」了一聲。

「古屋敷先生！」

新名大哥叫著衝進了房間。

我本來也想立刻追上去，但是走了兩、三步後，雙腳就害怕地走不動了。

我大致看了一下，在視覺可及的範圍內並沒有躲著小偷——或是其他的可疑人物。除了沙發、桌子，還有幾張椅子以外……稱得上家具的只剩一個大型的裝飾櫃。櫃子裡面放了西洋的古老陶瓷娃娃、日本製的法國人偶、兔子和熊的布娃娃等等，各式各樣的玩偶塞得滿滿的。地板上和桌上還放了很多塞不進櫃子裡的玩偶。

在門口的左手邊——也就是東側的牆邊，我看見了「梨里香」。

這個比房間內其他人偶都還要大、感覺還要詭異的「梨里香」……靠著米色的牆壁，雙腿向前伸直地坐在地板上。

她穿著鮮黃色的洋裝，長長的金髮垂至胸前，頭髮上還夾著翠綠色的蝴蝶髮飾……她的臉就面對著倒在地板上的主人，一對又圓又大的藍眼睛無神地睜開著，從嘴角的兩端到下巴有兩道又深又粗的黑線。她那張腹語表演專用的臉孔，在此刻看起來更讓人覺

得詭異。

「為什麼？」

小葵在我身後發出了啜泣的聲音。

「為什麼——到底發生什麼事情了？」

即使如此，我的雙腿還是動彈不得。

新名大哥走到倒在地上的古屋敷先生身旁，緊盯著被刀子刺穿的背部，發出了不知所措的嘆息。接著他彎下膝蓋，將臉湊近表情猙獰的古屋敷先生的臉旁。

「不行——他已經死了。」

已經死了……啊啊，古屋敷先生果然死了嗎？有人用那把刀子刺進他的背部，所以他才……

4

我拚命地要自己冷靜下來，觀察著室內的狀況。

房裡電燈一開始就亮著，暖氣也開著，室內非常溫暖。

我先回過頭去看我們剛剛撞開的房門。

果然就如新名大哥看見的，鑰匙孔從室內這邊插著一支鑰匙。而且門上除了這個鎖之外，還有另外一條緊緊掛上的鎖鍊。被我們用力一撞後，那個鎖鍊就掉了。

房間裡總共有三扇窗戶。

一扇在東側的牆上——

那是一扇裝在位置相當高的橢圓形窗戶，上面鑲有彩繪玻璃，並沒有任何被打開或打破的跡象。

其他兩扇在我們正面，也就是正對著南方的牆壁上。

那是上下開啟式的窗戶，位置剛好一左一右。不論哪一扇都上了鎖，關得緊緊的，玻璃也沒被打破。而且，窗戶外面還裝著十分堅固的木頭格子。就算窗戶打開了，也沒人能穿過格子的間隔。

我接著看向房間西邊的牆壁。

牆上有著合計二十八面的各種顏色的四方形嵌板，這些嵌板分別是牆上二十八個箱子的蓋子。

說這些箱子看起來就像是車站的投幣式寄物櫃應該比較容易理解。蓋子每一個都一般大——都是四十公分的正方形，底下連接的「箱子」以上下四層、左右七排的方式並排著，整個嵌在牆壁上。

所謂「各種顏色」正確說來是「七種顏色」。

紅、橙、黃、綠、藍、靛、紫……和天空中的彩虹一樣是七種顏色。每個顏色各四面，總共二十八個蓋子。顏色的配置是不規則的，每個蓋子上都有銀色的把手，就像是寄物櫃門上的設計一樣。

我們三人都知道這是什麼。

這二十八個「箱子」全部都是為了這個房間特別訂做的「驚嚇箱」❸。只要一打開蓋子，就會有各種東西從裡面彈出來。有老鼠和蜘蛛的玩具，有假手和假人頭……總共有二十八種不同的「嚇人一跳的東西」裝在裡面。

然而那個時候——

並排在牆壁上的二十八個蓋子全部緊閉著，七彩驚嚇箱沒有一個是打開的。

我再次環顧四周，這個房間果然沒有藏著任何可疑的人物。沒有任何可以讓人藏身其中的空間或陰影。

——這是怎麼回事？

我不由得顫抖地搖著頭。

說不定，這是……

我害怕地又看了一眼氣絕的屋主、不會說話的「梨里香」……接著再看了一次三扇窗戶和七彩驚嚇箱，確認它們沒有任何異狀。

「……到底發生什麼事情？」

小葵顫抖地問我。

「為什麼會……」

我豎起食指放在嘴前，示意她不要出聲，然後窺看著正要從屍體旁邊起身的新名大哥的表情。

「永澤。」

彷彿回應我的視線似的，新名大哥說道。他一定和我思考著相同的事情。

「這個房間是——密室呢。」

5

我們處理完必須立刻處理的事情之後，為了慎重起見，又再一次檢查了〈梨里香的

❸這裡的「驚嚇箱」指的是打開蓋子就會有玩偶或其他嚇人的東西跳出來的盒子（Jack-in-the-box），中文沒有固定的譯名，於此書中統一為「驚嚇箱」。

房間〉。

我想確認每扇窗戶都真的沒有異狀嗎？牆上的驚嚇箱真的統統都沒打開嗎？我們撞開的房門四周，沒有任何被動過手腳的痕跡嗎？沒有除了我們之外的第三者躲在某個地方嗎？……

經過我們仔細確認過，事實是毫無疑問的，這裡的確是——

當我們抵達這裡時，這個殺人現場是完整的密室狀態。

不論是窗戶還是房門……在可以進出的地方全部由內鎖上的密室之中，古屋敷先生被殺了。也就是說——兇手果然是……

不論怎麼看，我們都只能認為古屋敷先生的死亡就是「那種類型」的事件。

6

當雪花化為雨水之際，大批的警察闖入了驚嚇館。是新名大哥打了一一〇。

初次遭遇「真實殺人案件的搜查工作」，對當時還是小學生的我和小葵來說，實在是害怕得不得了，我想就算已經是大學生的新名大哥一定也是如此。可以的話，我真想立刻就逃回家。小葵和新名大哥一定也和我有同樣想法。

俊生這時候應該還躺在〈俊生的房間〉的床上，什麼也不知道地熟睡著。在監護人古屋敷先生死去的此時，被獨自一人留下來的他，今後該怎麼辦呢？

我雖然十分在意俊生的事情，但那並不是我能幫得上忙的問題。因為在過完年後的第三學期❹一開始，我就要和爸爸離開這個國家，暫時到國外生活了——

❹日本學校是實行三學期制，第一學期從四月至七月，接著放暑假，第二學期從九月至十二月，接著放寒假。第三學期從一月至三月，接著舉行畢業典禮，而入學典禮在四月初舉行。

第二部

驚嚇館的少年

1

事情要從案件的前四個月，也就是一九九四年的八月底開始說起。

那是小學時光的最後一個暑假即將結束之際……我和俊生——古屋敷俊生在那一天初次相遇。

事情發生在我每星期六的英語會話課結束後的路上。

從家裡到教室的路程騎腳踏車不到十五分鐘，不過那天傍晚我下了課之後，稍微繞了點遠路。

問我為什麼要繞遠路，我也不知道該怎麼回答。

那是沒有任何確切動機的行動，純粹是心血來潮而已。沒錯，就是如此——

那時的夏日夕陽呈現非常不可思議的顏色。

不論是天空還是雲朵都染成了一片紅色，但不知為何雲朵的縫隙間卻出現宛如各式油彩胡亂調合成的黑色物質……看起來就像火山岩漿一樣。傾斜的太陽不知何時變得又大又紅，不禁讓我覺得要是繼續燃燒下去，它或許就無法再升起了。

我背對著深紅色的夕陽獨自騎著腳踏車，追著自己長長的影子。同時，我也覺得自己彷彿在追逐某種不知名的存在。

我一方面不安地想著得快點回去，一方面卻也想繼續被這種不可思議的顏色包圍。我既覺得害怕，又懷著一種雀躍期待的心情……

我想或許正是這種心情，才讓當時的我不願立刻回家，反而繞了遠路朝著那個因為有許多豪宅而被稱為「屋敷町」的區域——六花町去。或許也因此才會想經過位在六花町郊外的「驚嚇館」門口再回家。

2

我和爸爸永澤比出彥兩人是在那年的年初——也就是我小五的第三學期開學時搬到A＊＊市的。在那之前，我們一直住在東京，當時我不只和爸爸一起生活，還有媽媽和哥哥。

雖然搬到位於關西這個爸爸年輕時居住過的城市，並轉學到新學校後的時間還不滿半年，但是我已經聽說過不少圍繞著「屋敷町的驚嚇館」的傳聞了。

「總之那裡有很嚇人的東西，所以才叫驚嚇館。」

這是我在五年級的時候，聽班上一個很愛說話的女孩子說的。那時我才剛轉來沒多久，既沒看過傳說中的豪宅，連那棟豪宅所在的「屋敷町」也沒去過。

「總之就是很嚇人啦！聽說那棟房子裡每個地方都很嚇人，有小孩子因為太害怕還哭出來了呢！」

「到底是什麼很嚇人呢？」

因為根本搞不懂她的意思，所以我疑惑地反問她。

「就是很嚇人嘛！我不是說過了嗎？所以才叫驚嚇館啊！」

她似乎有點不太高興，聲音提高了不少。

「我哥哥的朋友以前曾進去過那棟房子，他說總之進去就是會被嚇一大跳啦……」

不論她怎麼用力地重複說著「就是會嚇一跳」，我仍舊無法理解她想說什麼。

聽到驚嚇館這個稱呼，我腦中首先浮現的是遊樂園中的「嚇一跳屋」。遊客走進微暗的小房間，坐在長椅上之後，房門會被關上，接著四周會變得更暗。不久，隨著遊戲開始的聲音，地板會前後搖晃，接著愈晃愈大，最後整個房間會三百六十度轉了一圈……其實真正旋轉的是四周牆壁和天花板，椅子根本是固定在地面上的，這樣一來會讓遊客陷入自己也一起旋轉的錯覺。說穿了就是這樣的手法——

以前全家曾經一起去淺草的「花屋敷」❺，那裡就有這種嚇一跳屋。我和大我三歲的哥哥兩人一起進去……當時真的讓我們嚇了好大一跳——不過仔細一問，她所謂的「嚇一跳」似乎不是這種「嚇一跳」。

除此之外，我還想到了遊樂園的「鏡子屋」或是「鬼屋」之類的設施，不過驚嚇館似乎也不是這樣的房子。

我實際看到驚嚇館是在幾天之後，因為我實在很在意它究竟是棟什麼樣的建築物，所以拜託了班上知道地點的男孩子放學後帶我去。

那棟房子的外觀其實不怎麼特殊，和驚嚇館這個名字一點都不搭。牆壁或是屋頂既沒有漆上斑斕的色彩，也沒有奇怪的形狀，更沒有整棟房子朝向某個方向傾斜，或是上下顛倒……總之不是什麼異想天開的房子，當然也和遊樂園的嚇一跳屋完全不同。

但是驚嚇館也絕對不是隨處可見的建築物，那是一棟不會隨便在路上行走就會撞見的洋房，而且不知為什麼，還散發著一股詭異的氣氛。

房子外有老舊的紅磚圍牆，青銅格子的鐵門還關得緊緊的。現在可能沒有人住，門

❺淺草的「花屋敷」是東京歷史悠久的遊樂園。

柱上也沒有名牌。鐵門另一邊的庭院雜草叢生，似乎沒有人整理……

「聽說晚上來的話，就會碰上驚嚇幽靈。」

帶我來的男孩子這麼說道。

「那是什麼？」

「聽說和一般那種飄出來嚇人的幽靈不一樣，而是會突然從某處飛出來，所以才叫驚嚇幽靈。」

我一邊想著才不會有什麼幽靈，一邊點頭附和「是喔」。但是當我站在鐵門前盯著門內的洋房看時，漸漸有種不舒服的感覺……不是「驚嚇」，而是毛骨悚然、起雞皮疙瘩的感覺。

3

我之後又陸續聽到一些關於驚嚇館的傳聞。

這些傳聞清一色都是學校裡流傳的故事，在英語會話教室也曾經成為話題。當時是網路和手機都不甚普及的時代。

那棟房子究竟為什麼會被稱為驚嚇館呢？

驚嚇館的「驚嚇」，究竟是什麼樣的「驚嚇」呢？

包括所謂的「驚嚇幽靈」在內，驚嚇館有各式各樣的傳聞，其中最有力的說法是驚嚇館的「驚嚇」指的就是驚嚇箱的「驚嚇」。除此之外，還有另外一個說法的可信度也很高，因為好幾個不同版本的傳聞內容都曾經出現這件事情。

那就是——

曾經有個奇怪的家族住在那棟洋房裡，但是自從多年前的某天發生了某件很嚴重、令人震撼的事件後，就再也沒有人住在那裡了——

總之就是那一天——暑假的最後一個星期六的傍晚，我心血來潮地前往了六花町，決定看一眼驚嚇館後再回家。就在那裡，我遇見了那個少年——俊生。

4

當我來到可以看見驚嚇館鐵門的地方時，突然發現一件事。

被藤蔓纏繞的青銅格子的鐵門門扉，此時被稍微地打開了。之前每次來時，鐵門總是關得緊緊的，而且還上了有鐵鍊的鎖——

我將腳踏車停在眼前的圍牆邊，像是被什麼東西吸引過去似地靠近門邊。這時我才發現門柱上掛上了名牌。

那是刻著「古屋敷」三個字的白色石頭製成的門牌。在今天之前，根本就沒有這個東西——

這個叫古屋敷的人是最近才搬進這棟房子的嗎？古屋敷……好奇怪的姓，屋敷町的古屋敷家……真是繞口。

正當我這麼想著的時候，內心突然湧起某種奇妙感覺。

傍晚的屋敷町沒有任何行人和汽車，就連傾洩而下的蟬鳴聲，都像是融化在染紅了這一帶的夕陽裡似地消失無蹤。而我也感覺到自己似乎突然被丟到一個沒有其他人存在的世界裡，這種奇妙的感受究竟是……

等我察覺到時，我已經穿過大門的縫隙，無意識地踏進了雜草叢生庭院裡的蜿蜒小路上。

小路前方是建築物的玄關，那裡有扇鑲著兩片彩繪玻璃的氣派大門。我抬頭望向二樓，上頭也並排著幾扇鑲著彩繪玻璃的窗戶。由於屋裡沒有開燈，所以我無法看出那是什麼圖案。

這棟房子究竟是哪裡讓人「驚嚇」呢？

我前進了兩、三步，心臟也跟著咚咚咚地跳個不停。

我想像著如果我不小心踩到開關的話，是不是會突然響起什麼嚇人的聲音，或是從地底飛出什麼詭異的東西……一想到這裡，我就覺得既緊張又興奮，心跳也開始加速。

小路在到達玄關之前就彎到建築物後面去了。雖然我有種彷彿在冒險的刺激感，但是那種「被丟到沒有其他人存在的世界」的感覺仍舊揮之不去。

不久，我來到建築物後面的庭院。

那裡有好幾棵枝繁葉茂的樹木，以及只有雜草的花壇和一座老舊的鞦韆。

鞦韆是由油漆已經剝落的鐵架、兩條鐵鍊和一個踏板組合而成——以前這棟房子裡曾經住著會玩鞦韆的孩子嗎？

我走近鞦韆，一隻腳放上踏板輕輕地搖晃著。

已經生鏽的鐵鍊發出很大的聲響，彷彿是某種信號似的，蟬鳴聲再次響徹這個世界。溫暖的晚風吹了過來，樹木和雜草發出了輕微的騷動聲，就在這個時候——

「不要坐上去比較好喔。」

突然傳來了這個聲音。

「那個很危險，不要坐上去比較好喔。」

是小孩子……還沒變聲的少年聲音。不知道聲音從何處傳來，我害怕地環顧四周，並沒有看到任何人影。難道他藏在樹木的陰影下嗎？

「我在這裡。」

這次我很清楚聲音是從哪裡傳來的。我立刻回頭看向房子，聲音的主人站在比我的頭頂還要高的位置，我可以隱約看見二樓的陽台邊有一個影子。

陽台有一道直接通到後院的樓梯，從那裡傳來緩緩走下來的腳步聲……沒多久，聲音的主人就出現在我眼前。

「那個鞦韆已經很舊了，鐵鍊也快斷掉了……所以不要坐比較好。」

那是個瘦瘦小小的少年，完全沒有關西人的口音。他皮膚白皙，雖然帶有稚氣，但是長得很好看，還剪了一道齊眉的劉海。

我猜想他大概是小三或小四生，總之就是比我小上幾歲吧——明明是夏天，他還穿著長袖襯衫，看起來有點不自然。

「嗯，那個……」

我重新揹好肩上的背包，對他說道：

「對不起，我隨便進來了。」

「沒關係。」

少年這麼說著，唇邊浮起了害羞的笑容。

「我不會跟外公說的。」

「外公……是古屋敷先生嗎？」
「對，我外公叫古屋敷龍平。」
「那你也姓古屋敷囉？」
少年「嗯」了一聲，輕輕地點點頭，說出了自己的名字。
「我叫俊生，古屋敷俊生。」

5

「俊生……」
聽到這個名字的瞬間，我的心跳差點漏了一拍。後來我才知道俊生名字的漢字寫法，那時我首先想到的是「十志雄」❻這三個字。
「你什麼時候搬進來的？這裡不久之前還是空屋耶。」
聽到我這麼問，俊生將雙手插進吊帶褲的口袋裡回答道：
「我們是這個星期二才回來的。」
「回來？」
「對。以前大家都住在這裡……外公、媽媽還有姊姊。」

「那現在你媽媽跟姊姊她們呢？」

俊生沉默不語，曖昧地搖搖頭。我不知道他的意思，但我知道不能繼續追問下去。

「前年夏天外公跟我搬去別的地方，但是最後又搬回這裡了。」

「那麼學校呢？你現在幾年級？」

「嗯……其實應該是六年級，不過我現在還是五年級。」

「你晚了一年嗎？」

「——嗯。」

雖然看不出來，不過俊生似乎和我同年。

「我的身體不好，所以很少去上學……應該說現在幾乎不讓我去了。」

「你是在第二學期轉來這裡的嗎？」

關於這個問題，俊生很明確地搖頭否認。

「我唸的是其他學校，在神戶，是私立學校……」

「這樣啊。」

「我雖然很少去學校，但是我很會唸書喔，也很喜歡看書，我還會看寫給大人看的

❻「俊生」與「十志雄」的日文發音都是「Toshio」，而三知也的哥哥就叫「十志雄」。

書……昨天新來的老師還稱讚我呢。」

「新來的老師？」

「新名老師，是我的家教老師。」

因為不能上學，所以請了家教嗎？

「對了，你叫什麼名字？」

俊生突然這樣問我。

「咦？啊！對不起、對不起。」

我慌張地向俊生自我介紹。

「我叫三知也，永澤三知也，唸六年級。」

「你是補習班剛下課要回家嗎？」

「對，英語會話課。」

「你會說英文啊？」

「我四月才開始上課，只會說一點點。」

「那我也請新名老師教我英文好了，這樣的話說不定可以追上你呢。」

「其實我不想學英文，我想學柔道，但是我爸爸要我學英文。」

「柔道！」

俊生突然眼神發亮，他的反應有點出乎我的意料。

「如果我會柔道就好了，就可以把惡魔的手下摔出去。」

「那你可以去學啊。」

轉眼間，俊生眼中的光芒消失，他露出寂寞的表情，低下了頭。

「——不行的。我身體不好，而且外公也絕對不會讓我去的。」

俊生低語著，接著露出了撒嬌的眼神看著我說道：

「我下次介紹你給外公認識，要再來玩喔。」

「可以嗎？」

他一臉寂寞地低著頭，「嗯」了一聲。

「因為……我沒有朋友。」

「——原來如此。」

不知道為什麼，我有些不好意思，我將雙手放到後腦勺，挺直了背脊。夕陽已經逐漸被黑夜取代了，就在這時候——

「咦？」

突然有某個東西映入我的眼簾，我靜靜地指著那邊。

那是俊生剛才走下來的陽台右邊幾公尺的地方，有兩個咖啡色格子、向外凸出的窗戶玻璃，在玻璃的另一邊隱約可以看見像是人影的影子。

「你外公……在那裡嗎？」

俊生抬頭瞄了我指的窗戶一眼，搖了搖頭說了聲「不是」。

「那是梨里香。」

「梨里香？」

「看起來像是有人在那裡嗎？——其實那不是人，是放在窗戶旁邊的人偶。」

「人偶……」

我眨了眨眼睛。

「那是叫梨里香的人偶？」

「對。那裡有很多人偶，梨里香是裡面最特別的一個……那個房間就叫〈梨里香的房間〉。」

俊生從口袋裡抽出一隻手，輕輕地放在自己的額頭上，就像是感冒時確認自己有沒有發燒的動作。

「那裡曾經是姊姊的房間。」

「曾經？——那現在呢？」

「姊姊已經死了。」

聽到俊生的回答，我倒抽了一口氣。

「姊姊大我三歲，叫做梨里香，可是她已經死了，所以外公才把那個人偶取名為梨里香……」

驚嚇館的詭異傳聞

1

驚嚇館的「驚嚇」指的是驚嚇箱的「驚嚇」。

我整理了一下我聽過的傳聞中最有力的講法，大致如下。

聽說多年前建造這棟洋房的人是某間玩具公司的總經理，不過有人說不是玩具公司，而是貿易公司，也有人說不是總經理，而是董事長，甚至還有是某處的大學教授的說法。

——就是這樣。

總而言之，不論是總經理、董事長或是教授，他都是個十分熱中的驚嚇箱收藏家。他購買了許多古今中外十分稀奇的驚嚇箱……也就是說，這棟洋房是「驚嚇箱的收藏館」——所以才叫「驚嚇館」。

據說熱愛驚嚇箱的屋主，最後終於在屋裡設計了各式各樣驚嚇箱的機關……像是信箱、後門，或是碗櫃、冰箱，甚至是廁所馬桶和客房的衣櫥……到處都被偷偷裝置了驚嚇箱。屋主只要看到訪客不小心觸動機關而嚇一跳的樣子就會很高興。而被招待前來的客人，也因為在意驚嚇箱而坐立難安——所以才叫「驚嚇館」。

還有傳聞說，只要有小朋友到那棟洋房玩，屋主就一定會送對方驚嚇箱當禮物。甚至還有人說屋主晚年全心全意在研發獨創性的驚嚇箱，最後終於完成了所謂的「超級驚嚇箱」。

據說之前有孩子打開那個「超級驚嚇箱」後，因為受到太大的驚嚇而嚇死了。後來，那個孩子的靈魂就變成了「驚嚇幽靈」出來四處遊蕩……

還有一個大膽的假設是整棟洋房其實是巨大的驚嚇箱——然而到底是有何種機關的驚嚇箱，現在已經沒有任何人知道了。

因為這種種說法，這一帶的孩子們都對驚嚇館有著無比的好奇心。但是大人們——尤其是孩子的父母們幾乎都會對孩子耳提面命地要求：「不能靠近那裡。」

原因當然和多年前發生在那棟房子裡的「事件」有關。雖然沒有人說過「事件」的具體情況，不過大人就是認為因為發生過那樣的事情，所以那裡很不乾淨，才會一直沒有人住，也很危險等等……總之就是這些原因。

第二學期開始之後，我不曾對班上同學提起俊生的事情。

就算我不說，「最近有人搬進屋敷町的驚嚇館了」的傳聞也立刻在班上傳開，大家也會彼此談論著：「究竟是什麼人搬進去了？」即使如此，我還是沒有告訴任何人有關俊生的事情，或許我是想將他的事情當成自己的秘密吧。

遇到俊生之後，我有時候會在學校或是英語會話課下課的路上，繞到驚嚇館去。然而洋房大門總是關得緊緊的，看不到任何人。

有時候當傍晚四周微暗時，也能看到燈光從窗戶透出來，但是我就是沒有勇氣按下門鈴。我只是在房子四周打轉，最後什麼都沒做就回家了——這種事我已經做過不只一次了。

2

我的父親永澤比出彥搬到這裡之後，開始在大阪的律師事務所工作，每天晚上都很晚才回家。

因此我晚上都得吃外面的便當或是外送披薩，早上則是兩人一起吃吐司。

爸爸大概是覺得讓我每天吃這些東西很過意不去，所以只要偶爾早歸，或是放假時，就會很豪爽地帶我去吃大餐。

九月中旬的某一個星期六，當我從英語會話課下課後回到家，發現爸爸竟然很難得地在家裡等我，還問我要不要去吃很久沒吃的牛排。

「學校怎麼樣？」

「——還好。」

「已經習慣班上的關西腔了嗎？」

「——還算習慣。」

「有交到好朋友嗎？」

「——算有吧。」

就算偶爾在外頭吃飯，我們父子的對話也總是這種感覺。雖然不至於氣氛冷淡，但也絕對稱不上什麼相談甚歡。

「律師的工作很辛苦嗎？」

我這麼問道。爸爸那聲「是啊……」的口吻聽來似乎有點不滿，他摸著對年過四十的人來說太過顯眼的白髮說道：

「因為我還是新人，得有一些表現，所以的確很辛苦。」

「比檢察官還辛苦嗎？」

聽到我這麼接著問，他「嗯？」了一聲，有點困擾似地皺起了眉頭。

「雖然不能一概而論，不過可以這麼說吧……」

到去年夏天為止，爸爸還是東京地檢處的檢察官，他在秋天辭掉工作搬到這裡……轉換跑道當上了律師。社會上似乎對他這種辭掉檢察官來當律師的人有種特別的稱呼。

「英語會話課有趣嗎？」

聽爸爸這麼一問，我老實地回答他：「嗯……不太有趣。」

「是嗎？——但是從現在就學著聽說英文比較好，將來一定會派上用場的……」

爸爸說著這句他老是掛在嘴邊的話。不過就像我對俊生說過的，我真正想學的其實是柔道。

柔道、空手道，不然合氣道或是拳擊也可以，總之我想變強——當壞人來找我麻煩時，我可以自己解決他們。

我想爸爸一定知道我的想法……所以他才會反對讓我去學柔道，而改以學英語會話來代替。可是，那當然不是什麼能「代替」的東西。

「三知也明年就要升國中了啊。」

爸爸似乎是不小心脫口而出說了這句話，表情有些黯淡了下來。

「如果十志雄還在，也要考高中了。」

「——是啊。」

「時間過得真快，到今年冬天，他剛好離開兩年了。」

「——嗯。」

十志雄是大我三歲的哥哥的名字。爸爸總是說「他離開……」絕對不說「他已經死了」。

在那之後，我們陷入了有些尷尬的沉默中。

喝完附餐的咖啡後，爸爸叫了一聲：「對了，三知也。」而我則搶在他前頭說道：

「對了，爸爸，你知道六花町那裡的那棟驚嚇館嗎？」

這是我第一次和爸爸談到驚嚇館的事情。

「驚嚇……那是什麼？」

「那你知道六花町嗎？」

「我知道，那裡從以前就是豪宅的集中地。」

「驚嚇館就蓋在六花町的郊區。對了，它和神戶異人館的『魚鱗之家』有點像……外型和顏色雖然不一樣，但是給人的感覺很像。」

「是嗎？」爸爸露出不解的表情。

「那棟房子叫驚嚇館嗎？」

「大家都這麼叫的。」

「這樣啊。」

「聽說驚嚇館在多年前曾經發生某個案件，爸爸你不知道嗎？」

「什麼樣的案件？」

「我不知道，不過大家都說是很可怕的案件。」

「很可怕的案件……是綁架或是殺人案嗎？」

「爸爸你不知道？」

我本來期待以前是檢察官的律師爸爸會很清楚那方面的消息，不過看來期待是落空了。爸爸以手指輕輕敲著下巴思考著什麼，過了一會兒，重新看向我問道：

「你很在意嗎？」

「不會啊，還好。」

我若無其事地搖搖頭，決定不告訴爸爸俊生的事情。

3

我第二次遇見俊生是在九月下旬的時候。

那是個一早就陰沉沉的星期天，下午之後還飄起了小雨。我在小雨中騎著腳踏車，獨自一人前往六花町的驚嚇館。

我超過撐著傘、看來像是一對母子的行人，來到就快要看見洋房大門的地方。正當我心想今天應該也是大門緊閉的時候，「永澤？」突然有人從後面叫住我。

「永澤……三知也？」

我對這個聲音有印象，那是俊生的聲音。

我停下腳踏車回頭一看，這才發現我剛剛超過的那兩人的其中一人原來是他。因為他撐著很像女孩子才會撐的紅色雨傘，所以我完全沒注意到那是他。

另外一人是有點胖的中年女性，手上提著幾個超市的塑膠袋。她是俊生的媽媽嗎？我記得他之前說過他並沒有和媽媽一起住——

「嗨！」

我舉起一隻手向他打招呼。

「好久不見。我剛好到附近。」

「你來找我玩嗎？」

俊生笑容滿面地問我。正當我要回話時，他轉頭向旁邊的女性說道：

「這是三知也，是我的朋友。」

她有些驚訝說道：「是嗎？是神戶小學的朋友嗎？」

「不是啦。是回到這裡之後，偶然認識的——對吧？」

俊生回頭徵求我的同意，我點頭說：「嗯，是啊。」

「這是來幫忙照顧我的關谷太太。」

俊生立刻向我介紹身邊的女性——原來不是媽媽。

「她帶我去買東西。因為今天外公出去了，這是秘密……對吧。」

「是啊，不能說出去喔。」幫傭的關谷太太說道：

「萬一給古屋敷先生知道了，我會挨罵的。」

當兩人說著這些話的時候，雨勢突然大了起來。

我一邊心想著真傷腦筋，一邊以手腕擦掉臉上的雨水。這時候俊生大步走到我身邊，替我撐傘。當他站到我身旁時，我這才發現嬌小的俊生只到我的下巴左右而已。順便一提，我在班上也不過是中等身材。

「要不要在我家等雨停？」

「咦……可以嗎？」

「你不是來找我玩的嗎？」

「嗯……是啊。」

「那就進來吧——」

俊生轉向胖胖的幫傭，告訴她我要留下來。

「你把腳踏車牽到屋簷下吧，不然會濕掉的。」

4

「三知也，你今天也是去上英語會話課之後過來的嗎？」
「英語會話課是星期六，今天是班上同學說要舉行電玩大賽，找我去他家……」
「電玩？是電視遊戲任天堂嗎？」
「是超任的對戰型格鬥遊戲。」
「啊！就是電視上廣告的那個？」
「對、對！就是那個。我們用兩個兩個對戰的方式決勝負。」
「是喔。」俊生很有興趣似地眨著雙眼，問我：
「那你贏了嗎？」
「我第一回合就輸掉了。」
我一邊回答他，一邊輕輕地搖頭說道：
「我本來就不擅長打電動，覺得很無聊，就先離開了。」
「所以你就來找我玩了。」

「嗯，是啊。」

俊生招待我進去的古屋敷家——也就是驚嚇館中的氣氛和我暗中想像的陰暗氣氛不一樣。

牆壁的顏色以白色為底色，地板也是明亮的原木風格。和房子外觀給人的印象不同，既不老舊，也不會讓人感到有壓力，而且也沒有如傳聞所說的到處都設置了驚嚇箱的機關。

從玄關走到房子最裡面有一個客廳，客廳裡擺放著歷史悠久的沙發組，我和俊生面對面在沙發上坐了下來。

「我從來沒打過電動。」

俊生突然吐出這句話。

「一次也沒有嗎？——那還真是稀奇。」

「我好想玩一次看看……但是外公說不可以沉迷那種東西，不然會變成無法區分現實和遊戲的孩子。你覺得呢？」

「我不知道你外公的說法正不正確，不過，我想就算電玩消失了，也不會讓人感到困擾。」

其實我家裡也沒有任天堂或是超任，只有一台十志雄的Game Boy收在書桌抽屜深處。雖然我偶爾也會像今天一樣和同學一起玩，不過我一點也不在意自己沒有電動玩具。可以說，當我看到喜歡電玩的人整天都在談論遊戲內容、喊著「昇龍拳」又叫又跳的時候，還會覺得有點悲哀。

關谷太太送來了果汁和點心，我說了聲：「我要開動了。」便伸手拿了點心，然後抬頭看著幾乎有整面牆壁那麼大的彩繪玻璃。

透過玻璃射進來的陽光讓室內充滿了各種鮮豔的顏色，由紅、黃、藍、綠的彩色玻璃描繪出來的圖案是三隻展開翅膀的蝴蝶，不論哪一隻蝴蝶都有著很漂亮的綠色——是翠綠的顏色。

我這才發現玄關大門的彩繪玻璃上也畫著一模一樣的蝴蝶圖案——這有什麼特殊意義嗎？

「俊生，你在家裡都做些什麼？」

我雖然只是隨口問問，但是俊生將手放在額頭上，似乎不知道該怎麼回答，好一會兒才小聲地說道：「很多事情。」我這時才注意到他白皙光滑的左臉頰上貼著小小的ＯＫ繃，是摔倒擦傷了嗎？

「你看很多書吧？」

「——嗯。」

「你喜歡什麼書呢？」

「我什麼書都喜歡，就算不是小說，我也喜歡……圖鑑或是百科全書也很有趣——三知也呢？」

「這個嘛……我最近看了《莫爾格街兇殺案》，內容是關於密室殺人的故事，聽說那是世界上最早的推理小說。」

「是愛倫坡的作品吧，我也很喜歡推理小說。」

「你經常看電視嗎？」

「——不太看。」

「音樂呢？」

「我會彈鋼琴。」

「是嗎，你在學鋼琴？」

「我媽媽教我的……她教過我一些。」

「——這樣啊。」

我隨意地再次抬頭看著彩繪玻璃，閉口不語，俊生也沉默了下來。就這樣過了幾秒鐘後，我又看向俊生。

「你說你姊姊去世了。」

我下定決心丟出這個話題。聽到我的話，俊生低下頭去。

「──對。」

聲音非常微弱。

「那是什麼時候的事情？」

「──前年的春天。」

「前年……你們就是在那之後搬到其他地方去的？」

「──嗯。」

莫非那件事──俊生的姊姊在前年春天去世的事情，就是傳聞中的「多年前發生在驚嚇館中的案件」嗎？我腦中瞬時掠過這樣的想法。不過我沒有立刻往下追問，反而談起了自己的事情。

「我也有過一個大我三歲的哥哥，不過就和你姊姊一樣，他在前年──我四年級的時候死掉了。」

聽到我突如其來的告白，俊生似乎受到了相當的驚嚇，他抬起頭，露出了「真的嗎？」的表情，歪著頭看著我。

「我哥哥的名字叫十志雄，我想和你名字的寫法應該不一樣。」

俊生像是看著什麼不可思議的東西似地緊盯著我的嘴。

「所以第一次見面，聽到你叫俊生時，我不禁嚇了一跳。」

「你哥哥為什麼死掉了？」

俊生看著我的嘴問道。

「這個嘛……事情有點複雜。」

我避重就輕地回答他，然後說道：

「俊生的姊姊是叫梨里香嗎？」

「是啊。」

俊生將桌上的便條紙拿了過來，在上頭寫下了「梨里香」三個字。那是和他稚嫩的外表並不相襯、十分好看的成熟字跡。

接著他在姊姊的名字旁邊寫下自己的名字，我這時才知道他的名字寫作「俊生」。

「你姊姊——梨里香為什麼會在前年春天死掉？」

聽到我這麼問，俊生欲言又止地說道：「這個嘛……事情有點複雜。」

和我方才一模一樣的答案。

雖然我們相視微微一笑，但俊生的笑容裡還透著一股陰鬱，我想我一定也是同樣的表情。

5

「那我差不多該回家了。」

關谷太太端來了新的飲料後，對俊生說道：

「我已經跟平常一樣做好晚餐了，要吃的時候就用微波爐熱一下……」

俊生坐在沙發上，小聲地「嗯」了一聲。

「今天帶少爺出去的事情，請務必保密。」

「嗯，我知道——謝謝妳，關谷太太。」

我等到她走出客廳，聽到玄關大門打開又關上的聲音後，才對俊生說道：

「我還以為她和你們住在一起呢。」

「不是，她是從她家裡過來的。」

「每天嗎？」

「不，一個星期三天而已。」

「這樣的話，平常這麼大的房子裡就只有你跟你外公了。」

「是啊——還有梨里香。」

「梨里香是人偶吧。」

「話是沒錯……但是外公把它當成姊姊的替身看待……」

俊生的外公一定非常疼愛孫女，所以才會對孫女的死亡悲痛不已。雖然我不知道其中有些什麼「複雜的緣由」。

「你如果自己出門會被罵嗎？」

「——嗯，我一定要和外公一起才能出門。」

「因為你身體不好嗎？」

「——或許吧。」

俊生有些喪氣地垂下肩膀。

「總之就是不行，我外公人很頑固，他說如果想出去玩的話，就在院子玩就好。」

「你今天跟關谷太太出去時，買了什麼東西嗎？」

我改變話題之後，俊生的表情瞬間明朗起來。

「我買了撒拉弗和基路伯的飼料。」

「撒拉弗和基路伯？你有養寵物嗎？」

他大概是養了貓或狗——不過這兩個名字都很奇怪。

「撒拉弗是蜥蜴，基路伯是蛇舅母。」

「蜥蜴和蛇？」

「不是蛇，是蛇舅母，是蜥蜴的一種。你看過嗎？」

我有點怕爬蟲類。當我搖頭說「沒看過」時，傻生說道：

「那下次我再拿給你看。蜥蜴的背部很漂亮喔，舌頭伸出來動來動去的樣子也很好玩……」

「外公應該快回來了。」

他一邊這麼說，一邊瞄著牆上的掛鐘，已經超過四點了。他有點坐立難安地說道：

聽他這麼說，我也跟著坐立難安……甚至緊張了起來。因為到目前為止，傻生的外公給我十分嚴厲、恐怖的印象。

此時，傻生似乎是察覺到我的緊張。

「我會跟外公好好介紹你的，沒關係的。」

「呃……嗯。」

我雖然點了點頭，但還是無法放鬆。

外面還是在下雨，連客廳裡都能聽到雨聲，就知道雨勢還是很大。

「對了，三知也，你知道六花町的『六花』是什麼意思嗎？」

「六花……六朵花？」

「不是，所謂六花是雪花的意思。」

「雪花？」

「因為雪花的結晶就像是有著六片花瓣的花朵一樣，所以才叫六花。不過也有很多人唸作『rikka』，而不是『rokka』。」

「真的啊？」

明明不是雪國，卻叫做六花町——雪花町，一定有什麼特殊的原因吧。

「今年冬天會下多少雪呢？」

俊生這麼說著，抬頭看向彩繪玻璃。

「你喜歡雪嗎？」

「我的生日是十二月，我是在大雪的日子裡出生的。」

「十二月幾號？」

「十二號——三知也的生日是什麼時候？」

「十一月十二號，正好差一個月。」

「真的耶。」

俊生開心地笑了起來。

「我姊姊是在六月六號出生的，我的生日正好是她的兩倍，很有趣的偶然吧？」

6

「你知道這棟房子被稱作驚嚇館嗎？」

我終於找到提出這個問題的時機。聽到我這麼一問，很意外的，俊生只是淡然地點點頭。

「我知道。」

「那你也知道有很多奇奇怪怪的傳聞嗎？」

「——好像有呢。」

「為什麼會叫驚嚇館呢？」

我繼續試著追問：

「我聽說驚嚇館的『驚嚇』指的是驚嚇箱的『驚嚇』，這是真的嗎？」

「嗯，那個嘛……」

俊生像個小大人似地，雙手環抱在胸前。

「如果是驚嚇箱的話，這裡的確很多……」

就在他話說到一半時——

從玄關傳來了開門的聲音。俊生的外公——古屋敷龍平回來了。

「喔，這孩子是誰啊？」

古屋敷先生看到我的那一瞬間，有點不高興地皺起了眉頭。俊生從沙發上站起來。

「這是三知也，永澤三知也。」

他的口氣就像是在強調自己的清白似的。

「他是我的朋友，是來和我玩的。」

古屋敷先生只回了「這樣啊」，接著用嘶啞尖銳的聲音說道：

「喔！你就是那個隨便進入我們家院子的惡作劇小鬼嗎？」

我不禁在喉嚨深處呻吟一聲，從眼角瞪了俊生一眼。他那時候明明就說要瞞著他外公的……

古屋敷先生的個子很高大，除了滿頭的白髮之外，還留著一把長長的白色鬍子。雖然看來很適合聖誕老人的打扮，然而只要穿上黑色衣服的話，就會像是讓人害怕的魔法師了。

「呃，這個……」

我學俊生從沙發上站了起來，正當我不知道該怎麼問候古屋敷先生而不知所措的時候——

「你叫永澤嗎？嗯——」

古屋敷先生低語著，以銳利的眼神緊盯著我。

我全身僵硬，直冒冷汗，害怕自己會遭到嚴厲的責罵。

「你和俊生同年嗎？」

「——啊，是的。」

「也就是說，現在是六年級嗎？」

「——是的，沒錯。」

「你家在哪裡？」

「呃，在車站前的公寓。」

「你和俊生很投緣嗎？」

「嗯……是啊。」

「永澤嗎？——嗯。」

我本來以為他又要重複剛才的低語，沒想到一直眉頭深鎖、一臉不高興的他，突然笑容滿面地說道：

「哎呀！真高興你來家裡玩。」

就連聲音也變得十分柔和。

「俊生是很聰明的孩子，只是從以前就很容易生病，所以很少上學，也不能出去玩。我很歡迎你和他當朋友。」

雖然我對古屋敷先生的大轉變感到有些困惑，不過心裡還是鬆了口氣。

「我本來希望你能再待久一點，不過真的很不巧，等一下家教老師就要來替俊生上課了。」

「這樣嗎？我知道了。那我就告辭了……」

「下次再來吧。」

「好的。不好意思，打擾了。」

在我和古屋敷先生對話的時候，俊生從頭到尾都不發一語。不知道是不是我多心，他露出了有些害怕的表情看著我和他外公的互動。聽到外公說了「下次再來吧」的時候，我清楚地看見他嘴邊浮現難以言喻的愉悅笑容。

然後，當我走到玄關時——

古屋敷先生說：「把這個拿去吧。」便將某個東西遞給了我。然而，那並非是當作禮物的「驚嚇箱」，而是為了遮蔽下個不停的大雨的黑色雨傘。

驚嚇館的腹語人偶

1

雖然我以「事情有點複雜」來搪塞俊生，然而事情其實一點也不複雜。

前年冬天，我哥哥十志雄死了，當時他是十三歲的國一生。他的死亡突如其來，沒有任何人想像得到。

在他死後不久，我們才知道他在學校受到了長達數個月的霸凌。他並沒有告訴家裡或是老師，一個人為此痛苦不已。在他留下的日記裡，詳細地記載了那些殘酷的事實。

我到現在仍舊不明白為什麼十志雄會成為被欺負的對象，他明明就只是個不論怎麼看都毫不起眼、十分平凡的國一男生。

他在唸書和運動方面的表現都算普通，喜歡足球、電玩以及海洋動物……雖然多少有些內向，但是一點都不陰沉，和朋友的往來也沒有什麼問題。對身為弟弟的我而言，他可以說是個十分親切、個性善良的好哥哥。但是……

在第二學期快結束的某天下課，霸凌集團的幾個成員將十志雄叫到校舍屋頂上。那是棟四層樓高的古老鋼筋校舍，屋頂上只圍了輕輕鬆鬆就能爬過去的低矮柵欄。

「事件」，就是在那裡發生的。

「那傢伙突然像是抓狂一樣，一邊大叫一邊亂跑，一看就覺得很危險。」在場的所有學生異口同聲地這麼說著：「他衝到屋頂邊緣，打算直接翻過柵欄跳下去……」

其中一個追著十志雄的學生急忙想要攔住他，但是十志雄沒有停下來，反而喊著沒有人聽得懂的話，還抓住對方的手腕將他拉出柵欄外……兩人拉扯了幾秒鐘後，便一同從屋頂上摔了下去。

大樓下是水泥鋪成的道路，所以兩人根本沒辦法得救。十志雄因為脖子和頭部骨折當場死亡，一起摔下來的學生也在送往醫院的途中停止了呼吸。

霸凌引起的跳樓自殺。

恐怕是一時的衝動造成的——

除了欺負十志雄的一行人之外，還有其他的目擊者看見了事情的經過，所以事件的「真相」或許就是如此吧。

將打算攔住自己的對方也捲進來，恐怕是被逼到絕境而自暴自棄的十志雄最後的反擊，或者該說復仇吧。這雖然只是我的推測，不過我想應該就是這樣。

我在事情發生之初，只知道「哥哥發生意外去世了」。或許是擔心年幼的弟弟會受到打擊，也或者是覺得十歲的孩子沒辦法完全理解大人說的話，所以大人對我隱瞞了事實。但是事實就是事實，不可能那麼順利就隱瞞一切。

事情發生過後沒幾天，「真相」就自然地傳到我耳裡了。

對我而言，那當然令人感到震驚，但在此同時也沒有任何真實感，彷彿那是發生在別的世界的事情。

我雖然知道「自殺」這個字眼，但是無法順利地將這個字眼的意義和現實結合在一起。對當時的我來說，我甚至以「重新開機」的遊戲用語來解釋哥哥的自殺。哥哥將自己重新開機了。

然而，那是不一樣的。

遊戲只要重新開機就能立刻從頭開始，但現實世界中是不可能這麼做的。遊戲裡的主角能夠死而復生，但現實世界的人死了就是死了——即使這是再理所當然不過的事情，但是到我能夠完全理解、並接受這個事實為止，還是花了不少時間。

2

在事件發生之後，媽媽的精神陷入了瘋狂狀態。

她悲嘆著孩子的死去，為自己未曾察覺到他的異狀而自責；她憎恨欺負孩子的學生們，責備沒有發現這件事情的老師和學校。

但是爸爸的態度和媽媽完全不同。

他當然不可能對孩子的死去完全無動於衷，他一定也和媽媽一樣為此自責不已。然而，他表現出來的態度和媽媽卻全然相反。

「即使發生了那種事情，十志雄還是害死了一個人。」

我不只一次聽到爸爸嚴肅地說道：

「因為自己的自殺事件，而牽連到其他不應該死的人——這是絕對不能原諒的。就算人家罵他是殺人犯也沒辦法，畢竟這是重罪，我們必須盡一切方法贖罪才行。」

在這點上，爸媽的態度完全相反，那段期間，我每天晚上都能在房間內聽到他們的爭吵。

媽媽太過感情用事，而爸爸卻是太過壓抑感情，打算以理性面對這件事情——我是這麼想的。

我不知道哪一邊的態度和意見才是正確的，然而我認為爸爸真的太冷淡了。雖然我覺得媽媽很可憐，但是又對她只要一提到十志雄便開始嚎啕大哭的模樣感到十分恐懼。

媽媽是在事件發生的半年後離開東京的——那是去年夏天的事情。在她離開前，家裡每天都會聽到「我們分手吧」、「我要離婚」等等的話。

我決定留在爸爸身邊。媽媽的身心狀態不穩定是最大的理由。

「雖然對你很抱歉，但這是沒辦法的事。」

爸爸打從心裡抱歉地對我這麼說道。

「這也是沒辦法的事。」

我在心裡拚命地說服自己。

在這之後不久，爸爸辭去了檢察官的工作。

所謂的檢察官，是透過審判來追究犯罪者的「罪行」。十志雄雖然是霸凌的受害者，可是最後卻成了加害者，而且還成了「殺人犯」。爸爸一定是無法背負著孩子的「罪行」繼續做這樣的工作吧，所以才會……

「哥哥做的事情真的是不對的嗎？」

當爸爸退掉東京的房子搬到這裡之後，我曾經這麼問過他一次。

「爸爸，哥哥做的事情……」

「雖然令人同情，但是害人死亡是不對的。」

爸爸眉頭深鎖，面容嚴肅地回答我。

「真的嗎？」

我再次追問：

「真的嗎？……爸爸你真的這麼想嗎？」

「——是啊。」

「可是你現在已經不是檢察官，而是律師了耶？」

「不是這個問題。」

爸爸有點生氣地睜大雙眼。

「三知也，你聽好了。就算有任何值得同情的理由，都不該奪走他人的生命，那可是重大的罪行，這個國家的法律就是這麼嚴格規定的。」

「但是，不是也有正當防衛這回事嗎？」

爸爸「喔」了一聲，重新看著我。

「如果對方先攻擊我的話，為了保護自己，我可以反擊吧。那麼就算殺了對方，我也沒有犯罪，不是嗎？」

「的確是有被視為正當防衛或是緊急避難而不被定罪的例子，但是十志雄的狀況完全無法適用。」爸爸這麼說著，緩緩地搖了搖頭。

「哥哥一直被欺負，這不就是對方先攻擊嗎？這不是對方的錯嗎？」

我不由自主地反駁了爸爸。

「哥哥一定是被逼到走投無路，無法忍耐，所以才會……」

「三知也，不是這樣的。」

爸爸再次搖頭。

「你這樣想是不對的，是錯的。」

即使爸爸費盡力氣這麼說，臉上卻浮現了痛苦的神情。看到他臉上痛苦的表情，我突然想到「這個國家的法律」真的是這麼重要的東西嗎？

所謂法律，不也就只是人類自己制定出來的東西嗎？

在江戶時代有所謂的「復仇法」的殺人法律，在特定情況下，武士甚至有殺人的特權。就算不談江戶時代的事情，只要是戰爭，不論殺害多少敵方士兵都不會被問罪。根據時代或狀況的不同，法律不也常常在變嗎……在這之中，究竟有多少真實存在呢？

我愈是深入思考，腦中的疑問愈是不斷增加。

3

因為古屋敷先生說了「下次再來吧」，所以在那之後我便經常前往驚嚇館。

每個星期六的英語會話課結束後，我都會特別繞遠路到六花町去，有點緊張地按下門柱上的門鈴。有時候可以和俊生見面，有時候則是古屋敷先生會出來告訴我：「俊生今天不太舒服。」而讓我打道回府。

到了星期天或是假日，俊生有時也會叫我過去玩。不過就算過去，也只能和他見上一、兩個小時。俊生的身體似乎真的很差，體力遠不如一般的小孩。古屋敷先生總是會在我們玩到一半時突然出現，詢問俊生的「身體狀況」。然而不論俊生怎麼回答，古屋敷先生的結論總是「今天就到這裡為止吧」。

不過就算如此，只要每次能和俊生天南地北地聊著，我就覺得很快樂。和俊生在一起的感覺跟我在學校裡和同學聊天時的感覺完全不一樣——這該怎麼形容呢？總之就是有種神秘、脫離現實的感覺，彷彿可以窺見另一個世界的陰影。那種刺激感，不知為何總讓我心情愉快。

俊生帶我去二樓的書房兼臥室——也就是〈俊生的房間〉，是在十月後我第一次去他家玩的時候。

房間裡有著對小孩來說太過氣派的書桌，和裝有玻璃門的書櫃，以及對獨自一人睡覺的孩子來說太大的床鋪……房間角落的桌子上有一個巨大的水槽，水槽裡放著泥土和樹木的枝葉，裡頭就是撒拉弗和基路伯，也就是俊生飼養的蜥蜴和蛇舅母。

在俊生的催促之下，我戰戰兢兢地探頭看著水槽裡面，看到樹枝上和樹葉陰影下各有一隻生物蹲踞著。

兩隻都比我想像中的大，從頭部到尾巴的長度大概有十五或二十公分。究竟哪一隻是蜥蜴、哪一隻是蛇舅母，第一次看到活生生爬蟲類的我根本分不出來。

「你會怕嗎？」

俊生似乎察覺到了我的恐懼，有點訝異地這麼問我。聽到我「呃，是啊……」的回答後，他又問：

「你也害怕青蛙和昆蟲嗎？」

「我一直住在東京，根本沒有機會接近這些東西啊。」

聽到我老實的回答後，俊生一臉認真地說道：

「嗯，原來是這樣啊。」

他這麼說著，將蓋著水槽的鐵絲網稍微移開一些，還把右手伸了進去。接著他以食指輕輕地撫摸著爬在樹枝上、身上有著黃色線條的那隻褐色爬蟲類的背部。

「這是撒拉弗，牠是日本蜥蜴——你看，牠很乖巧吧。」

「牠的名字有什麼意義嗎？」

「撒拉弗和基路伯都是天使的名字。」

「天使？」

「不同階級的天使的名字。撒拉弗有三對翅膀，基路伯有兩對。」

既然要取這種名字，那何必養蜥蜴呢？養小鳥不是更好？

「我不喜歡有體溫的動物，我覺得很噁心。」

彷彿是看穿了我的想法，俊生說道：

「我覺得蜥蜴摸起來冷冷的很舒服。不過外公和三知也一樣，不太喜歡蜥蜴。」

沒有體溫所以摸起來很舒服。一般來說應該是相反才對吧？俊生的想法還真是異於常人——這是我第一次這麼覺得。

俊生離開水槽旁，走向窗邊。

在南邊的牆壁上並排著幾扇上下開啟式的細長形窗戶，另外還有一扇嵌著玻璃的門，可以從那道門走到外面的陽台上。八月底第一次見面時，俊生就是從這個陽台看見我，走下庭院的。

「三知也，你看這個。」

俊生拿起放在向外延伸的窗台上的某個物品，將它遞給我。那是個長約二十公分、黑色金屬製的圓筒，我一看就知道那是個小型的望遠鏡。

我接過望遠鏡後，用兩手握著將它朝向窗外，接著將目鏡抵在某一邊的眼睛上，然而眼前卻一片漆黑，什麼都看不見。這時我發現物鏡上還蓋著塑膠製的保護蓋。

我將圓筒重新拿好，摘下蓋子，這時候——

咻！隨著一陣尖銳的聲音，筒子裡面有東西用力地飛了出來。

我不由得「哇！」地大叫一聲，俊生在一旁哈哈大笑起來。

飛出來的東西是以黃色布料做成的蛇，圓筒裡頭塞著發條。我以為是鏡筒的部分其實是中空的，裡頭就塞著那個東西。只要拔下蓋子，裡頭的東西就會因為彈簧的力量飛到外面，是原理非常非常簡單的驚嚇箱——

「我不是說過房子裡有很多驚嚇箱嗎？」

俊生似乎覺得很有趣似地咯咯笑個不停。

「雖然很奇怪，但是很好玩，對吧？」

我「嗯」了一聲，撿起掉在地板上的蛇塞回圓筒中。

「還有其他類似的東西吧？」

「如果在儲藏室之類的地方找找看，應該會發現很多這種東西。」

「這麼說來，果然就像傳聞所說的，你外公——古屋敷先生是個很狂熱的驚嚇箱收藏家。」

「我覺得外公並不是什麼狂熱的收藏家。」

「而且光是用買的還不夠，最後還開始研究開發獨特的驚嚇箱……」

「不對！外公才沒有做那種事情呢！」

俊生乾脆地否定了「傳聞」。

「其實是我媽媽小時候很喜歡驚嚇箱。」

「你媽媽？」

「——嗯。」

俊生臉色有些發青地點頭回應我的問題，不知道為什麼，他露出又像哭、又像笑的表情。

「所以以前外公和外婆為了媽媽，蒐集了很多驚嚇箱，那些東西就留到現在了。」

4

走出房間的時候，我問俊生為什麼〈俊生的房間〉的門在面對走廊這一面會漆上明亮的水藍色，感覺和整棟房子顯得格格不入。

「我們八月搬回來之後，外公就把門漆成這樣了，還可以聞到一點油漆的味道。」

俊生回答道。

「之前這裡和其他門都是同樣的顏色。」

「你外公故意這麼做的嗎？」

「很奇怪嗎？」

「與其說怪，倒不如說有些格格不入。」

古屋敷先生的審美觀實在令人難以理解。

「〈梨里香的房間〉的房門是粉紅色的喔。」

俊生說著，望向了走廊深處。

「那也是你外公故意漆的嗎？」

「外公說漆成明亮的顏色，心情會比較好。因為這個家發生太多事情了……」

「太多事情……是指你姊姊死掉的事情嗎？」

「嗯——是啊。」

「〈梨里香的房間〉就是放那個人偶的房間吧？」

我想起第一次見到俊生的夏日，那個在二樓窗邊若隱若現的人偶影子。

「那個和你姊姊有著同樣名字的特殊人偶……」

俊生說在那個房間還有其他很多人偶，和它們相比，梨里香除了名字之外，究竟還有什麼「特殊」之處呢？

「你想看梨里香嗎？」

被這麼一問，雖然內心有些猶豫，我還是點點頭說了聲：「是啊。」

「那麼我再拜託外公看看。〈梨里香的房間〉上了鎖，不能隨便進去的。」

接著俊生離開藍色的門前走向樓梯，我走在他的身邊說道：

「對了，俊生，死去的梨里香是怎麼樣的姊姊呢？」

聽到我的問題，俊生突然停下腳步，轉頭看著我。

「姊姊嗎……其實我一點也不了解姊姊。」

他的表情很悲傷，但是音調卻不知道為何有點緊張。

「我不了解她……但是，我想她或許是惡魔吧。」

突如其來的「惡魔」兩字，讓我不由得「咦？」了一聲，疑惑地反問道：

「那是什麼意思？她是很恐怖的人嗎？」

「——我不知道。」

俊生低下頭，緩緩地搖著頭。

「姊姊對我很溫柔，外公也很疼愛她。但是我看過姊姊露出很恐怖的表情，嘴裡喃喃自語著令人不舒服的詛咒人的話。」

「嗯——」

「而且姊姊的眼睛……姊姊眼睛的顏色也和一般人不一樣，是很不可思議的顏色。」

「不可思議？那是什麼顏色？」

「各式各樣的顏色。有時候是藍色，有時候看起來卻又帶著金色……當她露出恐怖的表情時，眼睛是很可怕的橘色。」

「該不會是你太多心了，或是錯覺吧？因為光線的關係，讓你不小心看錯了……人類的眼睛是不可能變色的。」

「——或許吧。」

俊生還是盯著地板不放，再次緩緩地搖著頭。

「但是……一定是因為這樣，媽媽才會討厭姊姊的。」

「你媽媽討厭你姊姊嗎？」

「——對。」

俊生輕輕地點點頭後，就什麼話也不說了，然後像是逃離現場似地下了樓梯。

5

我記得第一次見到「俊生的家教老師」也是這一天的事情。

當我準備要回家而走到玄關時，碰到了偶然提早到的他。

他似乎是騎摩托車來的。揹著黑色背包、腋下夾著銀色安全帽的新名大哥，頂著一頭染成深褐色的長髮，戴著淺色鏡片的無框眼鏡……比我想像的要年輕很多，看起來是個容易相處的人。雖然知道他是神戶的大學生，不過因為「老師」兩個字，我還是會把他想像成更成熟、更嚴肅的人。

「喔！你就是俊生老掛在嘴邊的朋友嗎？」

俊生還沒介紹，新名大哥一看到我就露出了親切的微笑說道：

「我記得你叫永澤是嗎？我從俊生那裡聽到很多關於你的事情。」

「啊，是的。嗯……我叫永澤三知也，請多指教。」

「嗯嗯。我是俊生的家教老師，我叫新名努。請多指教。」

因為俊生和古屋敷先生也在場，所以我和新名大哥只進行了這短短的交談。

我聽說新名大哥現在唸文學系三年級，主修法國文學。雖然是在關西出生，不過從小就搬到東京，到進大學為止都一直住在東京。他因為學長的介紹，從今年夏天開始擔任俊生的家教。還有，他騎的是義大利出產的「偉士牌」二手摩托車……這些事情都是很久之後我才知道的。

6

「永澤同學最近經常去古屋敷先生家呢。」

聽到同班的湖山葵突然對我這麼說時，我嚇了一大跳……或者應該說非常震驚。那是剛過十月中旬的某天午休時的事情。

在這之前，我從未和她好好地說過話。並不是因為她是個安靜不起眼的人，相反的，她是班上數一數二活潑又出風頭的女孩子——湖山葵就是這樣的人。

她不是所謂的「班長」型的人。她長得很高，留著一頭適合她的短髮，功課表現雖然普通，但是運動萬能，總是團體的中心人物，舉手投足充滿活力……就是這種感覺。

但是老實說，我不太擅長和「開朗又受歡迎」的女孩子交朋友，因此總是下意識地避開和她說話的機會。

「我在叫你啊！永澤同學。」

我因為太過震驚了，不知道該怎麼回答她，小葵便湊近我的臉問道：

「那裡有一個男孩叫俊生，對吧？告訴我，你是怎麼認識他的？」

她有點粗魯地問我。

她為什麼會知道？我到現在還不曾告訴周圍任何人關於俊生的事——

「我家在六花町，就在那棟房子附近。」

小葵對完全不知道該怎麼回答的我說道：

「所以我才會看見你從那裡出來。我本來想叫你的，不過你已經走遠了……」

原來是這樣——我暫且接受了她的說法，然後反過來問她：

「既然妳住在附近，應該比我更清楚他們家，就是古屋敷家的事情吧？」

「我是聽說過不少傳聞，但是我沒進去過。」

接著小葵說著「對了、對了」，再次湊近我問道：

「那棟房子真的到處都是驚嚇箱嗎？」

「這個嘛——」我有點裝腔作勢地把雙手環抱在胸前。

「是有驚嚇箱啦，但並不是到處都是。」

「那他們有送你驚嚇箱嗎？」

「沒有。」

「那打開後會嚇死人的超級驚嚇箱呢？」

「這個嘛，應該是沒有那種東西才對——那棟房子並沒有像傳聞所說的那麼誇張，也沒有會讓人驚嚇的感覺。」

「那驚嚇幽靈呢？」

「我想那也是隨便捏造的傳聞而已。」

「是喔。」

小葵有些失望似地噘起了嘴。我問她：

「妳對那棟房子有興趣嗎？」

「當然有興趣啊！」

小葵這麼說著，用力地眨了一下雙眼，就像貓咪一樣。

「那可是神秘的豪宅，驚嚇館耶——家裡附近有那樣的房子，會不在意才奇怪，你說是吧？」

「也是啦。」

「喂，快告訴我，你是怎麼進去那裡的？」

我想了一會兒，認為那並不是非得要一直保密下去的事情，再隱瞞下去也不是辦法，只好說出來了。我一邊簡短地說明和俊生認識的經過，接著繼續向她提出問題。

「那我可以問妳幾個問題嗎？」

「好啊。」

「妳既然住在附近，說不定會知道。妳聽過古屋敷家除了俊生之外，還有一個叫梨里香的人嗎？她是俊生的姊姊。」

「啊……嗯。我是聽過他們家有一對姊弟。」

「那妳知道梨里香死掉的事情嗎？好像是前年春天發生的。」

「死掉？前年？」

小葵露出了不可思議的表情，歪著頭說道：

「我媽媽說好像是發生了什麼不幸的事情。」

「那妳沒看過梨里香嗎？」

「沒有。」

「根據傳聞，那棟房子在好幾年前曾經發生過可怕的案件，妳知道嗎？」

小葵再次歪著頭說道：

「這個嘛，聽說是真的發生過什麼事情……但是我們家也是去年年初才搬到六花町的，在那之前我一直都住在京都。」

「什麼嘛，原來是這樣。」

我的希望落空了，看來關於「案件」的詳細內容，還是得找機會問俊生了。

「對了，永澤同學，可以拜託你一件事情嗎？」小葵突然這麼說道。

「什麼事？」

「下次帶我一起去可以嗎？」

我嚇了一跳，高聲回問道：「妳說什麼？」

「你下次去古屋敷家玩的時候，帶我一起去嘛！好不好？」

「呃，這個嘛。」

因為事出突然，我完全無法判斷這是好事還是壞事。

「那個……妳那麼想進去驚嚇館嗎？」

「這是原因之一，另外我也很想見那個叫俊生的男孩子。」

說著，小葵又像隻貓似地用力地眨了一下雙眼。

「他好像是個很不可思議的男孩子，對吧？」

「妳被勾起好奇心了嗎？」

其實我根本沒有立場說她，不過還是稍微挖苦了她一下。結果小葵一臉無所謂地點頭說道：

「那當然，因為我從努哥哥那裡聽到了一些俊生的事情。」

我又嚇了一跳，再次大聲地「咦？」了一聲。

「努哥哥是誰？」

「俊生的家教老師新名努。」

「妳跟他認識嗎？」

「他是我表哥。」說完，小葵露出了惡作劇似的笑容。

「你知道嗎？這真是個有趣的偶然，我也是最近才從努哥哥那裡聽到永澤同學的事情……知道我跟永澤同學同班時，哥哥他也嚇了一大跳喔。這就是所謂奇妙的緣分吧。」

7

就因為如此，我被迫和湖山葵訂下了要帶她去驚嚇館的約定。在那之後，我立刻詢問俊生可不可以帶她一起去，他回答我：「如果是三知也的朋友，那就沒關係。」——就這樣，在十月的最後一個星期天，也就是三十號的下午，我帶了小葵去古屋敷家。

「難得有女孩子來玩。」——因為這個理由，幫傭的關谷太太把她辛苦做的手工蛋糕端到我們眼前。小葵很開心地一口接一口，不過我卻覺得太甜，不合我的胃口。俊生大概也是同樣的感想。

「難得有女孩子來我們家。」——接著說出這句話的是古屋敷先生。

「今天就介紹梨里香給你們認識吧，她已經好久沒見到同年齡的女孩子了，一定會很高興的。」

古屋敷先生說著說著便轉向俊生，希望看到相同的反應。

「俊生，你說是吧。」

俊生露出有些困擾的眼神，不過還是淡淡地微笑說道：「是啊。」

不知道內情的小葵一定很驚訝。梨里香明明在前年春天就已經死掉了，古屋敷先生卻一副彷彿她還在世的口氣說「介紹給你們認識」。

我根本沒有時間向驚訝的她說明梨里香的真正身分，古屋敷先生就說：「那麼大家跟我來吧！」接著就帶領我們走向樓梯的方向。

我們上了二樓，到了走廊後便轉向左邊的方向。

經過〈俊生的房間〉，再經過兩道門後，就來到走廊最深處的〈梨里香的房間〉。位在建築物東邊的這間房間，就像俊生說的，房門被漆上了明亮的粉紅色，還可以聞到淡淡的油漆味。

古屋敷先生從褲子口袋取出一把鑰匙，接著插入門上的鎖孔。那是把外型很老舊的大鑰匙。

房門打開後，古屋敷先生催促我們進去。

於是由我帶頭進入房間，接著是小葵和俊生，古屋敷先生則是最後一個進門，並且順手帶上了房門。

我們正對著的牆壁上有兩扇上下開啟式的窗戶，而那兩扇窗戶的左邊——也就是東邊的牆壁上有著橢圓形的彩繪玻璃。雖然午後的陽光從玻璃射了進來，但室內還是有些昏暗。房間大小大概是七、八坪……不，應該更大一點。或許是天花板很高、家具很少的關係，看起來甚至比我家的ＬＤＫ❼更大。彩繪玻璃上的圖案和房子內其他的彩繪玻璃一樣都是蝴蝶。

就像俊生說的，房間裡有好多人偶。

有的收在櫃子裡，有的則放在地板或沙發上。從古董西洋人偶到動物的布娃娃，幾乎什麼種類都有……簡直就是〈人偶的房間〉。

俊生說這間房間最早是他媽媽年輕時使用的臥房，後來讓給了女兒梨里香住，變成了〈梨里香的房間〉——這麼說來，在這裡的許多人偶究竟是為誰購買的？是為了梨里香？還是為了她媽媽？

古屋敷先生穿過我和小葵的身邊，走向房間正面深處。他走近右邊窗戶的前方，然後——

對著那裡的梨里香說話。

8

「梨里香，我要介紹朋友給妳認識喔。」

古屋敷先生這麼說著，然後雙手抱著那個人偶，轉向我們。我倒抽了一口氣。的確就如俊生所說——梨里香確實和房間裡的其他人偶完全不同，是個「特別的」人偶。

如果站直的話，她從頭到腳少說也超過一公尺吧。梨里香光是體型就比其他人偶大上不少。

她穿著鮮黃色的洋裝，垂到胸前的金髮上別著蝴蝶形狀的翠綠色髮飾，有著光滑的白色肌膚和又圓又大的藍色雙眼。那根本就是「像人偶一樣漂亮的女孩子」的臉孔。但是——

奇怪的是那張臉的嘴巴和嘴邊的構造，從嘴角兩端到下巴有著兩道直直的黑線……不，那不是「線」，而是「溝」才對。因為那兩道溝，使得人偶難得的美貌顯得很詭異，也很滑稽。

——你們好。

❼日本公寓常見的客廳連接餐廳和廚房的格局。

她發出了聲音。在說話的同時，梨里香的下唇沿著兩道溝喀啦喀啦地上下動著。

——**我是梨里香，請多指教。**

那是很不自然、硬裝出來的聲音。

一瞬間，我還以為梨里香真的在說話，然而那只是瞬間的錯覺——

我腦中立刻浮現出「腹語」二字。

我在電視上看過好幾次，也對嘴巴可以上下活動的人偶有印象。梨里香——是個腹語人偶。

「這是三知也和小葵喔。」

古屋敷對梨里香說道：「他們都是俊生的好朋友。」

——**我是梨里香，請多指教。**

她的嘴巴再次喀啦喀啦地動著，重複了同樣的台詞。在此同時，兩邊的眼睛也啪嗒啪嗒地眨動著。

——**謝謝你們和俊生做朋友。**

古屋敷先生用左手撐著人偶的臀部，右手則繞到人偶背後藏在衣服底下。他一邊以右手操作其中的機關，讓人偶活動嘴唇和雙眼，一邊配合人偶的動作發出奇怪的「梨里香的聲音」。

應。

我已經看到呆若木雞，小葵則在我身旁動來動去，她恐怕比我更不知道該作何反

「外公年輕時是很有名的舞台劇演員。」

俊生小聲地告訴我們：

「腹語和魔術是他的業餘愛好。」

原來如此，所以才……我似乎可以理解古屋敷先生的心情。

因為失去了心愛的孫女梨里香，悲傷過度的古屋敷先生才將那個腹語人偶取名為梨里香。他透過自己的操縱，讓人偶看起來彷彿是梨里香的靈魂寄宿在其中，藉以撫慰自己的哀傷。因為他想忘記梨里香已經死亡的事實——對，一定是這樣。

然而——

古屋敷先生以人偶梨里香表演的腹語，就連小學生的我都無法昧著良心說精采。

他雖然發出兩種不同的聲音來表演自己和梨里香的對話，但是梨里香說話的時候，古屋敷先生的嘴唇也動個不停。如果說腹語表演的最高境界是表演者的嘴巴完全不動就能發出各種聲音的話，那古屋敷先生的水準還差得遠了。究竟是年輕時很厲害，現在退步了？還是本來就不怎麼出色呢？……

「那麼梨里香，換妳自我介紹吧。」

——我叫梨里香，古屋敷梨里香。我是一九七九年六月六日出生的。

古屋敷先生往靠著牆邊的豪華沙發上坐下，繼續和梨里香的對話。

「那邊的男孩子是永澤三知也，女孩子則是湖山葵，兩人都是六年級喔。」

——三知也跟小葵嗎？我比你們大一點點，請多指教，也請你們跟我做朋友喔。

古屋敷先生的右手操縱著梨里香向我們點了個頭，我跟小葵也跟著向她點頭致意。

——對了、對了！

梨里香——嚴格來說應該是操控著梨里香的古屋敷先生——說道：

——雖然還早，不過俊生的生日就在十二月喔，對吧，俊生。

俊生稍稍低著頭「——嗯」了一聲。

——這是俊生的十二歲生日呢。外公，我們把三知也和小葵一起找來，舉行生日派對吧。

「喔！這主意不錯！」

古屋敷先生瞇起了雙眼。

「很好、很好。這樣的話，我們從現在開始就得做很多練習了。」

滿臉皺紋、笑個不停的古屋敷先生，和在他身邊不停眨著眼睛的梨里香——不知為何令我感到不舒服，卻又有種悲傷、難受的複雜感受。我將視線從兩人——正確來說是

「一人和一具人偶」——的身上移開。我眼神游移著望向彩繪玻璃上的蝴蝶，還有彩繪玻璃正對面的牆壁……我到現在才發現那裡有東西。那道牆壁——也就是西側的牆壁，外型和一般的牆壁完全不一樣。

那道牆上緊緊排列著各種顏色的四方形嵌板……

那是嵌在牆壁上的收納箱嗎？全部都是嗎？——如果真的是收納箱，那裡面放了什麼東西呢？

「俊生，那是什麼？」

我靠近俊生身邊，小聲地問道：「那是什麼……」

就在這時候——

古屋敷先生突然開始發出詭異的聲音，那不是以腹語表演的「梨里香的聲音」，而是他自己的呻吟聲。他將梨里香放到沙發上，用雙手壓著自己的胸口。

「嗚……嗚嗚……」

他方才的愉快表情早已消失無蹤，露出痛苦、扭曲的表情。

「外公！」

俊生衝向沙發。

「外公，你沒事吧？」

「藥、我的藥……」

古屋敷先生用左手壓著胸口，右手指著俊生的方向。

「我床邊的書桌裡面……」

他費盡全身力氣這麼說著。

「外公臥室的床邊嗎？那裡放著平常吃的藥嗎？」

「抽屜……最上面的抽屜……」

「我知道了！我立刻去拿！」

俊生回答得很快，接著立刻衝出房間，還差點絆到腳。

我和小葵被突如其來的意外嚇壞了，直到俊生回來之前，我們兩人都只能害怕地看著痛苦不已的古屋敷先生。

9

古屋敷先生之所以痛苦呻吟，是因為宿疾心臟病發作的關係。

俊生事後告訴我那是名為狹心症的病症，如果不趕快處理的話，很有可能會就這麼死了。

俊生拿回來的藥立刻發揮了藥效。古屋敷先生從銀色的外包裝中取出了白色的小藥丸放進嘴裡，不到五分鐘症狀就平復了。這也是俊生之後告訴我的，那個藥丸據說叫硝化甘油。講到硝化甘油，我只知道它是只要一點點震動就會引發大爆炸的超危險物品，聽到它原來也能當作藥物使用時，我感到非常驚訝。不過據說硝化甘油從以前就一直被當作狹心症的治療藥物。

即使發作已經停止，古屋敷先生還是臉色發青地對我們說道：

「不好意思，你們兩個今天就先回去吧。」

我們當然只能聽他的話回家。

他將腹語人偶梨里香放回原來的窗邊，然後再次鎖上了〈梨里香的房間〉。

驚嚇館的驚嚇箱

1

從九月底開始，Ａ＊＊市陸續發生令人擔心的新聞事件。那段時間內，市內接二連三地發生了多起手法類似的闖空門和強盜案件。雖然不見得是同樣的犯人所為，不過始終沒聽說有人被逮捕的消息。

小葵告訴我六花町最近也發生了小偷潛入家裡行竊的案件，那是發生在我們拜訪驚嚇館隔天的事情。深夜裡，有好幾台鳴著警鈴的警車開到了六花町，引起了附近居民很大的騷動。

「犯人聽說是高個子的男人，也有可能是女人。穿得一身黑，還戴著毛線帽和很大的口罩，讓人看不到他的臉。他用刀子威脅人家，然後偷走錢和寶石——這是我姊姊從社團學姊那裡聽來的消息，聽說那位學姊的爸爸是報社的記者。」

小葵有一個大她四歲的姊姊，名字叫「奈波」，現在唸神戶的女子高中。

「為什麼說『也有可能是女人』？」

一聽到小葵說的話，我內心就浮現了這個疑問。

「就算臉被遮住了，但是從聲音和體型不是可以判斷小偷究竟是男是女嗎？」

「那是因為──」

小葵得意洋洋地答道：

「小偷偷闖進去的那一戶人家只住了一個老太太，她已經八十歲了，雖然身體還很健康，但是聽說視力很差，所以根本看不清楚小偷的體型。」

「那麼，她也有重聽囉？」

「我想應該有。不過聽說犯人好像是用很奇怪的聲音說話……」

「奇怪的聲音……」

我突然想起了古屋敷先生在〈梨里香的房間〉裡以腹語表演的「梨里香的聲音」。如果犯人是以那種聲音說話的話，老人家或許真的分不清楚對方究竟是男是女。

「好像一直還沒有抓到犯人耶，所以我媽媽一直叮嚀我要特別小心奇怪的人，囉嗦死了。」

要說囉嗦，我家也是。

要小心門窗、一個人在家時就算任何人來敲門都不可以開門、如果發現陌生人在大樓裡四處張望時，就要把對方當成是變態或是小偷──爸爸簡直就是照三餐反覆叮嚀我這些事情。難道這是前檢察官、現任律師的職業病嗎？

「俊生家沒問題吧？」小葵接著有些擔心地說道：「等那位幫傭的太太晚上回去後，他家裡不就只剩下他和他外公兩個人而已嗎？」

「嗯嗯——的確如此。」

雖然只見過一次面，但是小葵似乎非常喜歡俊生。她說我們雖然同年，但她就是會不由自主地把俊生當作弟弟看待。

「我從以前就很想要有個弟弟或妹妹。」

聽她這麼說，我反問道：「為什麼？」

「因為當妹妹實在太吃虧了嘛。」

她語氣平淡地回答我，兩頰卻氣鼓鼓的。

「不管什麼事都是姊姊優先，如果我下面還有弟弟或妹妹的話，情況說不定就不一樣了。」

「這個嘛——誰知道呢？」

我曖昧地歪著頭，想起了十志雄還沒死之前的事情。

我們家是否發生過小葵所謂的「兄弟姊妹之間的不公平待遇」呢？

我記得的確是有過因為「他是哥哥」，所以讓十志雄「優先」的事情。但是相反的，有更多因為「他是哥哥」，所以要求十志雄要負起「責任」的事情，特別是爸爸的態度更是如此。

如果是我在學校被其他同學欺負，甚至被逼到走投無路而不得不反擊、導致對方死亡的話——爸爸也會和十志雄自殺的時候一樣地追究我的「責任」嗎？

想到這裡，我悄悄地嘆了口氣。

2

先不管要不要帶小葵去這件事，到了隔週的星期天我又想去找俊生了。除了古屋敷先生的病情、用梨里香表演腹語這兩件事之外……我還有很多問題想問他。不過我更單純地關心在那之後俊生的身體狀況。

但是每次打電話過去，都是古屋敷先生接的，他每次都說：「俊生在那之後，身體狀況變得有點差了。」不希望我去找他。聽說每年的這個季節，俊生的身體狀況都會比較惡化。

我雖然很擔心，但也不能就這麼直接找上門去。然而即使如此，我還是想做些什麼，否則我根本就坐立難安。因此，在那個星期天——十一月六日的傍晚，我騎著腳踏車前往六花町。

只是我還是不敢靠近驚嚇館，萬一在附近打轉時被古屋敷先生發現那就尷尬了，而且我總覺得被發現的話一定會挨罵。因此，我爬上驚嚇館所在的屋敷町郊外那個稍微靠近東邊的小山丘。

那個小山丘上有個小公園，正式名稱是「六花第二公園」，不過這一帶的小孩大多稱呼它為「小公園」。從山丘後方直直往下走，穿過黑暗的樹林後，便會來到一個古老的墓地，所以那裡本來是稱為「墓地公園」的，之後從墓地（bochi）的發音，轉化成「小」（bocchi）的諧音，所以才叫「小公園」——這是俊生告訴我的。

在小公園的西邊角落，有一塊地剛好可以眺望到古屋敷家——這也是俊生說的。俊生則是之前從姊姊梨里香那裡聽來的。

所以我才想爬到山丘上，我想從那個地方看看驚嚇館的狀況。

公園前面的馬路上停著一台車子，是台藍色的雙人座敞篷車，車子裡面沒有人。我並沒有特別在意，騎著腳踏車就進到公園裡了。

此時這一帶已經開始天黑了。

我穿過沒有半個人影的小公園，走向所謂的「西邊角落」，眼前的那一片天空可以看到美麗的夕陽。我在暑假尾聲第一次見到俊生時，天空中的夕陽呈現出不可思議的顏色，當時的情景我始終牢牢地記在心中。而此刻的夕陽和當時的情景似乎合而為一了。公園的外圍有一圈低矮的鐵柵欄，在柵欄的另一邊則聳立著高大的樹木，遮住了我的視野。我挺直身子，一隻腳跨過柵欄，從樹木之間的縫隙可以隱約看見山丘下的街道，但是我不知道哪一邊才能看到我想看的房子。

我慢慢地橫著走，從這頭走到那頭，就是找不到那棟房子。究竟是地點不對，還是必須等到冬天樹葉都掉光的時候才看得到呢？……

「喂！」

突然有個聲音從天而降。真的就像字面所說的，是從上方傳來的，所以我嚇了好大一跳。

「難道你也是來看驚嚇館的？」

事後每當想起此時的情況，我就覺得既懊惱又丟臉。那個聲音的主人並非故意躲藏在某處，其實他一直坐在我背後幾公尺遠的「那個」地方，可是我卻一直到他出聲叫我為止，都沒察覺到他的存在。

「你也爬上來吧。」男人對我說道。「正如我所想的，這裡可以看得很清楚。」

「那個」地方，其實是個非常寒酸的公園遊戲設施——老舊的立體方格攀爬架。那是用漆著深藍色的鐵管建造而成的城堡，男人就坐在上面的一角，低頭看著我。

「你看，就是那邊那棟有著灰色屋頂的洋房，就算是蓋在神戶的異人館❽街也不會顯得突兀……喔，二樓有彩繪玻璃的窗戶，玄關大門上也有彩繪玻璃呢。從外觀看來，一點也不像是會讓人驚嚇的房子啊，但是大家卻都叫它驚嚇館。」

男人一邊從像是扁平小箱子的雙筒望遠鏡遠眺，一邊說著話。我搞不清楚他是在對我說話還是自言自語，反正是很難聽得清楚的低語聲。

「——嗯？怎麼了？」男人再次低頭看我。

「你不上來嗎？你不是也想看那棟房子嗎？」

「啊……不，呃，也不是那麼想……」

「你可是騙不了我的喔，你剛剛一聽到『驚嚇館』，一邊的眉毛就挑起來了。我猜對了吧？你該不會是那家孩子的朋友吧？——喔喔，看來我又猜對了。」

❽神戶開港時，有許多外國人居住在山手地區。多年後，被保存下來的洋式住宅便稱為「異人館」，也成為神戶地區最具有代表性的觀光地標。

男人露出微笑。

「快上來吧。你不用那麼提防我，我不是什麼可疑的傢伙。」

就算他那麼說，我還是覺得他的打扮看起來十分可疑。

他穿著黑色襯衫、黑色外套和黑色長褲，全身都是黑的，年齡大概和爸爸差不多吧。為什麼這個男人會自己一個人在這種公園的攀爬架上用望遠鏡窺看驚嚇館呢？——我愈看愈覺得他實在很可疑，太可疑了。

我雖然這麼想，卻不知道為什麼，就是無法反抗他的話。結果我還是爬上了鐵架，在離男人稍微有點距離的地方坐下。

從這裡的確可以清楚看見六花町內的每一棟房子，而且我很快就找到了古屋敷家的房子。

「這個歌劇望遠鏡的倍率雖然不高，不過要不要用用看？」

可疑的男人將望遠鏡遞給我。我戰戰兢兢地接過它，將鏡片貼近眼睛時，我感到很害怕，腦海裡隨即浮現了〈俊生的房間〉中那個形似望遠鏡的驚嚇箱。

「——啊，看見了。」

當望遠鏡正確無誤地對準驚嚇館時，我小聲地叫了出來。

「你能看見二樓的彩繪玻璃嗎？」

聽到男人這麼問，我透過望遠鏡看著驚嚇館，默默點了點頭。

「上面畫的是什麼圖案呢？」

我聽到男人這麼問時，不自覺地回答他：

「那上面畫的是蝴蝶，非常漂亮的綠色蝴蝶……」

「喔，綠色的蝴蝶啊——你曾經進去過那棟房子嗎？」

「呃、這個嘛、是啊……」

「原來如此。」

我放下望遠鏡，以眼角偷偷瞄了正在點頭的可疑男人，他好像有點不太高興似地抿著雙唇。

「其實我剛剛才去拜訪過那棟房子，但是一下子就被趕出來了。那個白鬍子老人就是屋主吧，名字是古屋敷龍平嗎？你朋友是他的孫子嗎？」

「啊，是啊——他叫俊生。」

「我是有事到這裡，所以順便去看一下那棟房子。雖然我一開始就抱著應該進不去的想法而前去拜訪……不過看那樣子，不論去幾次都是同樣結果吧。」

男人遺憾似地再次抿著嘴唇。我好奇地問他：

「請問你為什麼要去古屋敷家？那裡有什麼特別的地方嗎？」

「A＊＊市六花町的驚嚇館在某方面來說可是相當有名的建築物，所以我一直很想去拜訪看看，乘機好好地觀察館內的狀況。」

「——這樣啊。」

「你知道那棟房子為什麼被稱作驚嚇館嗎？」

「我聽說有很多傳聞。」

「好像是如此呢。」

可疑男人將雙手放到後腦勺，瞄了我一眼。

「你要小心那棟房子。」

他出乎意料的警告，讓我覺得很困惑。

「為什麼……我要小心什麼……」

「那棟房子是距今三十年前左右蓋好的房子，聽說當時屋主委託的是在某方面非常有名的古怪建築家。」

「——啊？」

「那個人已經不在這個世上了。在他死之前，他在各地設計了不少稀奇古怪的房子，不是有著奇怪的外型或構造，就是在房子內部各處隱藏著機關……像是外型是十角形的房子，還有整個房子裡都是時鐘，或是以詭異的面具為主題的房子等等。」

「是喔。」

我最初只覺得很有趣，但是他接下來說的話卻影響了我的想法。

「而且，他設計的所有房子到目前為止全都發生過恐怖的殺人案件。」

「殺人、案件？」

「對，也就是說——」

可疑男人雙手抓著攀爬架的鐵管，長長的雙腿晃來晃去。

「只要是那個建築師蓋的建築物，都很不吉利。」

「不吉利的意思是——」

我大大地吞了口口水。

「那些房子被詛咒了嗎？」

「是啊，簡單來說就是這樣。」

「怎麼……可能？」

我一邊喃喃自語著，一邊看向剛才拿著望遠鏡窺看的地方。雖然我不太相信「詛咒」這回事，但是「恐怖的殺人案件」仍舊令我毛骨悚然。

「我到最近才知道那棟房子，也就是驚嚇館的存在，所以做了一些調查。結果正如我所預料的，前年春天那棟房子也發生了某個案件。」

「前年春天？」我急忙向他確認。

「你知道這件事嗎？」

「那也是殺人案件嗎？」

「是的——看來你似乎不曉得詳細狀況。」

可疑男人緊緊地皺起了眉頭，開口說道：「被害者是當年唸國一的女孩梨里香。」

「啊……」

「她是古屋敷龍平的孫女，也就是你朋友的姊姊。她在二樓自己的房間裡被人用刀子殺死了。說不定就是你剛剛看見的那間有彩繪玻璃的房間。」

我雖然覺得有點意外，但在此同時，卻也覺得事情果然如此。我想起了俊生當時被我問到梨里香的死因時，口中說著「事情有點複雜」的陰鬱笑容。

「這不是適合說給小孩聽的故事哪。」

看著沉默不語的我，可疑男人有點困擾地歪著頭。我無言地將他借我的望遠鏡遞還給他。

「我得走了。」

他瞄了自己的手錶一眼後低聲說道，接著跳下攀爬架。他的身材高瘦，從背後看去根本跟黑影沒兩樣。在顏色已變黑暗的夕陽照耀之下，影子轉身對我說道：

「你是騎腳踏車來的吧？回家路上要小心。也要小心那棟房子。」

可疑男人這麼說完後，就消失了蹤影。不久後從公園入口傳來噗嚕嚕的汽車引擎低吼聲。

4

「那太可疑了！超可疑的！」

隔天星期一，我告訴小葵昨天發生在小公園的事情，她立刻這麼斷定。

「那個男人一定就是那個小偷！全身上下都是黑色的，而且長得又高，那一定是最近闖入我家附近老太太家的強盜。」

我並非完全不懷疑那個男人的身分，但是那個傳聞中的小偷會直到現在還在六花町一帶出現，還隨隨便便告訴偶然遇見的小孩那些事情嗎？而且還有那台雙人座的藍色敞篷車，對闖空門的小偷或是強盜來說太豪華了，感覺很不相襯。

「說不定他正在打俊生家的主意，所以才事先去偵察。」

被小葵這麼一說，我才有種豁然開朗的感覺，說不定真的就是如此。在他偵察的時候，我恰好去了那裡，他為了掩飾原來的目的，才對我說那些有的沒的……

「什麼古怪的建築家還是被詛咒的房子，一定都是騙人的。永澤，你被騙了。」

「是、是這樣的嗎？」

「當然是。」

「但是，那樣的話——」我怎麼樣都無法釋懷，「梨里香的事情又該怎麼說？前年春天梨里香在那棟房子裡被殺，難道也是騙人的嗎？」

「呃，嗯，那個嘛……」

講到這裡，我們兩人都閉口不語。

有幾個方法可以確認這件事情，像是詢問周遭的大人，或是找出以前的新聞報導，當然，也可以直接詢問俊生。

如果那男人說的話是真的——

那麼梨里香為什麼會被殺？

又是被誰殺害的？

在〈梨里香的房間〉裡看見的腹語人偶，也就是梨里香的臉孔，又緩緩地在我腦中浮現。她的嘴巴喀啦喀啦地開合著，不知為什麼，我想起了俊生曾經說過的話。

——但是，我想姊姊或許是惡魔。

5

我偶然碰到俊生的家教，也就是小葵的表哥新名努大哥，是在那個星期六——十一月十二日傍晚的時候。

那天爸爸照例因為工作晚歸，我在英語會話課結束後獨自繞到車站前的速食店，打算在那裡以起士漢堡、薯條和可樂當作晚餐。

這時候，我在店門口發現曾經看過的紅色摩托車，掛在安全帽掛鉤上的銀色安全帽我也有印象，難道是……我環視店內，發現新名大哥正叼著菸坐在窗邊的位置在看書。

我主動向他打了聲招呼，他一瞬間露出了訝異的表情，隨即撩起深褐色的長髮，對我「嗨」了一聲。

「我們在古屋敷家見過……」

「我是永澤三知也。」

「啊！對、對，永澤。」

新名大哥浮現了親切的微笑，合上正在看的書。

「你跟小葵同班嘛，這還真是奇遇。」

「你住在這附近嗎？」

「我住在神戶市內的大學附近。今天去古屋敷家上家教課，才剛回來。」
「咦？家教的時間是星期六嗎？」
「之前是講好一星期上三天，不過最近時間很不確定，要配合俊生的身體狀況。」
「這樣啊……」
「坐吧。」
我將放著起士漢堡、薯條和可樂的托盤放在桌上，在新名大哥的對面坐下。
「俊生他還好嗎？」
我先問了我最在意的事情。
「上上個星期天我去他家玩……啊，湖山同學也有去。在那之後就不曾見過他了，他外公說他身體狀況變差了。」
「聽說是每到這個季節就會惡化。」
「啊，對，我也聽說了……」
「他本來身體就很虛弱，但是現在連腳也出了問題。」
「腳？」
我驚訝地反問了新名大哥，他「嗯嗯」地點了點頭。接著將裝著滿滿菸蒂的菸灰缸拉到手邊，從襯衫口袋拿出香菸盒和打火機。

「他現在雙腳無法使力。今天雖然有點不穩，不過多少還能走路。據說有時候得靠枴杖走路，更糟糕的時候連撐枴杖都沒辦法行走。」

「他是生什麼病呢？」

「聽說原因不明。」

新名大哥眼神嚴肅地點了香菸。

「據說這幾年都是這樣，一到秋冬狀況就會惡化，不過等到春天時病情就會恢復。而且只要雙腳狀況變差，就常常會跌倒或是撞到東西，結果全身到處都是傷痕……」

「所以他精神不好囉？」

「是啊，的確不太好——或是該說他之所以精神不佳，是有別的原因。」

「別的原因？」

「他飼養的蜥蜴和蛇舅母不見了，所以他十分沮喪。」

「咦？撒拉弗和基路伯不見了嗎？」

牠們是怎麼從水槽爬出去的？我不禁覺得奇怪。是忘記拉上鐵絲網的蓋子嗎？還是有其他原因……

「對了，我要問你。」新名大哥突然改變了語氣。

「一個小學六年級的男孩子，為什麼會在星期六的這時候單獨出現在這裡？」

「我爸爸……因為我爸爸很晚才回家。」我老實地回答了新名大哥的問題。

「所以你就吃漢堡當晚餐囉？」

「——嗯，是的。」

「那你媽媽呢？」

我不知道怎麼回答這個問題。看到我默默地搖了搖頭，新名大哥似乎了然於心。

「原來如此——你是獨生子嗎？」

「啊，這個嘛，其實是……」

這是我第二次和新名大哥見面，第一次也只是在古屋敷家的玄關簡單地說過幾句話而已。但不知為什麼，我卻有種想告訴這個人所有事情的衝動。我自己也對於為何會突然湧起這股衝動而感到不可思議。

「……原來如此，那你真是辛苦了。」

聽完我的話，新名大哥將手腕撐在桌上，用交握的手指抵著下巴。

「撇開你哥哥的事不談——」

他的雙眼透過淺色鏡片直視著我，說道：

「我和你有過同樣的經驗，就在我唸國中的時候。」

「——咦？」

「我父母因為某種原因離婚，而我是跟著我父親，在那之後我完全沒見過我母親，也不知道她現在的狀況如何。小葵家是我父親這邊的親戚……」

我覺得很驚訝，不知道該作何反應。

「……就我自己的經驗而言，小孩子對新環境的適應能力比大人還要高出許多，所以你一定沒問題的。」

新名大哥又重複說了一次「沒問題的」，之後便不再說話了。

6

在那之後，我開始吃著已經涼掉的起士漢堡和薯條，新名大哥則是抽著菸、翻開了剛剛讀的書。那是本很厚的文庫本，我隱約看見書名是看起來很難的《獻給虛無的供物》。事後我才知道，那是一本由作家中井英夫所寫的著名推理小說。

「那個……這麼說來，俊生的爸爸媽媽現在怎麼樣了呢？」

我將涼掉的起士漢堡和薯條統統塞進胃裡後，問了新名大哥我一直很在意的問題。

「該不會，呃，已經死了吧？所以才會被他外公接來一起生活……？」

「我不太清楚詳細的狀況，不過——」

新名大哥將書籤夾在書裡，然後回答我：

「我剛開始上課的時候，古屋敷先生曾經告訴我關於俊生母親的事情。聽說她生了重病，現在正在住院。俊生非常在意這件事情，所以古屋敷先生拜託我不要在俊生面前提起他母親。」

「他媽媽生病了啊。」

「至於他父親，當時古屋敷先生完全沒提起。俊生的母親是古屋敷先生的女兒，可是俊生卻是姓古屋敷，所以他爸爸應該是入贅的。不知道是離婚了，還是死了……」

「那你知道梨里香的事情嗎？」

「嗯，我知道。」

新名大哥點點頭，將右手中指按在額頭正中間。

「梨里香就是前年春天去世的俊生姊姊吧，我也聽說了那具叫做梨里香的人偶的事情。上星期小葵告訴我古屋敷先生以那具人偶表演了腹語，是在二樓最東邊的〈梨里香的房間〉裡看到的，是嗎？」

「嗯，是的。」

「我之後也問過俊生關於那具人偶的事情。俊生有點困擾地告訴我，古屋敷先生似乎真的相信死去梨里香的靈魂附在那具人偶中。」

「聽說梨里香在前年……」

被別人殺害了……正當我不知道該不該開口問這件事情時——

「對了，永澤同學。」

新名大哥突然開口道：「俊生很關心你喔。」

「關心？——什麼意思？」

「今天——十一月十二日是你的生日吧？」

「啊，沒錯……」

即使如此，爸爸仍舊因為工作晚歸，若是從前我多少會有些不滿，只是，他似乎並沒有完全忘記今天是我生日……早上出門前他有些內疚地對我說：「我會買蛋糕回來，明天一起吃吧。」

「俊生說他很想和你見面，對你說『生日快樂』，你們真的很要好呢。」

我很高興俊生記得我的生日，本來我還有些失落的，現在總算高興一點了。

「小六的話就是十二歲嗎？——對了，古屋敷先生告訴我十二月要舉辦俊生的生日派對，還叫我一定要參加。」

「對，他也這麼告訴我們……」

「俊生的生日剛好和你差一個月呢。」

「新名大哥也會去嗎？」

「難得他招待我，所以我會去。」

我和新名大哥就這樣聊了一個鐘頭左右，當我先站起來時，新名大哥說了聲「下次再見吧」，便輕輕地揮了揮手。

「如果下次有機會的話，我再請你吃比這裡的漢堡更好吃的東西，當作是你的生日禮物。」

「啊……好。」面對他的親切笑容，我也用笑容回應。

「——新名大哥，謝謝你。」

7

在那之後我有好長一段時間都聯絡不上俊生。

別說想去他家玩了，每次我下定決心打電話過去，都一定是古屋敷先生接的，他從來不會將電話轉給俊生。新名大哥似乎仍然有持續去上家教，但我沒什麼機會詢問他俊生的狀況。聽小葵說，這陣子新名大哥也沒有去她家。

終於在十一月二十二日星期二的晚上，我好不容易得到俊生的消息。在晚上七點過後，他突然打了電話來。

「你現在能來我家嗎？」這是俊生的第一句話。

「我外公從今天下午就出去了，剛剛他打電話回來說會很晚回來，所以你要不要過來……？」

「是嗎？」

「啊……嗯嗯，這幾天比較好了。但是只要外公在家，就不准我叫你們來。」

「你的腳還好嗎？上上個星期我偶然遇到新名大哥，他說你的雙腳狀況很不好。」

從我第一次聽到俊生談論他外公時，就一直對古屋敷先生有著「嚴厲又恐怖」的印象，直到如今，這個想法仍然沒變。而在〈梨里香的房間〉裡看了那場腹語表演之後，又多了「個性古怪」的印象。

「我有東西想給你。」俊生說道。

「咦？什麼東西？」

「雖然晚了很多天，不過我想送你生日禮物。」

俊生的話完全出乎我的意料，我驚訝地高聲問著：「真的嗎？」

「這也是我希望你來的原因之一……你現在可以過來嗎？」

「——我知道了，我現在就過去。」

這天爸爸很稀奇地已經到家了。因為他在別的房間裡，所以我以為他沒聽到我和俊生的對話，但是他一發現我打算外出時，就慌慌張張地問我。

「喂，這麼晚你要去哪裡？」

任何家裡有小學生的父母，都會出現這麼理所當然的反應吧。

「我要去六花町的驚嚇館。」

「驚嚇館是那位古屋敷先生的家嗎？」

之前我已經跟爸爸大致說過了關於俊生的事情，也告訴他我有時會去那棟房子——驚嚇館找俊生玩。

「我騎腳踏車去，事情辦完就立刻回來。」

「你不會打擾到對方嗎？」

「是他叫我去的。」

「是嗎？但是，那一家還是有點……」

「沒問題的，不用擔心。」

「我最近聽到了一些關於那一家的風聲，你是從什麼時候開始……」

雖然爸爸還想說些什麼，但我沒有理他，直接跑出了家裡。

8

當我將腳踏車停在驚嚇館大門口旁邊時，聽到了有人叫「永澤同學」的聲音。我訝異地看著聲音傳來的方向，原來是小葵。她穿過沒什麼路燈的夜晚街道，跑向我這裡。

「咦？難道妳也是俊生叫來的嗎？」

「對，他剛剛打電話給我。」

小葵一邊喘氣一邊說道：

「剛好是我接的電話，所以我騙我媽媽說是補習班的久留美撿到了我忘在補習班的東西，要我去跟她拿。」

原來如此。女孩在這方面的腦筋果然動得比較快，還是說女孩子比較精明呢……？

我們一起按下門柱上的電鈴後，俊生便立刻出現了。

他的左手撐著一把T字形的枴杖，不過走起路來還算平穩。然而，好久不見的他卻比之前感覺憔悴了一些，本來就白皙的臉色也變得更白——甚至可以說是慘白了，只有嘴唇像是血液一樣紅得驚人。

「對不起，突然叫你們來。」

俊生臉上浮出了淺淺的微笑，對我們說道：「謝謝你們願意過來。」

接著他先帶我們到一樓最裡面的客廳。我和小葵並肩在古老的沙發上坐下，俊生則坐在我們對面。

「你外公什麼時候回來？」

聽到我這麼問，俊生低垂著慘白的臉孔說道：「大概要到半夜一、兩點了吧。」

「你一個人看家，晚上不會害怕嗎？這房子這麼大……」

而且還發生過殺人案件……我原本想接著這麼說，但是看到俊生沒什麼精神的模樣，不由得將話吞了回去。現在可不是問他梨里香的死和他爸媽事情的好時機。

「你要小心門窗喔。」小葵開口道：「最近這一帶有很多小偷出沒。」

「我不怕小偷。」

俊生微笑地回應小葵：

「反正他們只是來偷錢而已——啊！說不定撒拉弗和基路伯就是被小偷抓走的。他偷偷從院子進來，然後……」

「對了，新名大哥告訴我了，他說那隻蜥蜴和蛇舅母不見了。」

「嗯，是啊。」

俊生低著頭，稍微思考了一會兒，接著用力地搖搖頭。

「我想牠們並不是被小偷抓走的……我認為是外公做的。」

「咦，為什麼？」

「為什麼你外公要這麼做？」

聽到我和小葵的問題，俊生抬起頭，咬著通紅的嘴唇：「因為——因為外公不喜歡撒拉弗和基路伯，他討厭牠們，所以……所以我想他說不定把牠們殺了。」

小葵訝異地說道：「怎麼可能？」

我也驚訝地說著「不可能吧」，然而內心卻想著說不定犯人真的是古屋敷先生。與其說是小偷偷偷潛入放走牠們，我覺得古屋敷先生殺了牠們的可能性還比較大。

如果我養了爸爸最討厭的小家鼠或是倉鼠的話，難保哪天爸爸也會把牠們偷偷丟掉，不過他應該不至於殺死牠們。

正當我一邊想著，一邊不知道該作何回應之際——

「——說得也是。」

俊生低聲喃喃道：

「外公不可能做出這麼過分的事。」

接著俊生像是要轉換心情似地甩了好幾次頭之後，重新握著左手的枴杖站了起來。

「你們等我一下，我馬上回來。」

9

「三知也，這個給你。」

俊生離開客廳後，果然如他所說的很快就回來了，接著還將某個東西遞給了我。

「——生日禮物。」

「謝、謝謝。」

那是個跟兩、三本文庫本重疊在一起差不多大的小木盒，由塗成黑色、深褐色、紅褐色和紅色等四種大小各異的木頭以複雜的方式組合而成。我想起媽媽曾經買過一種木頭工藝品，是箱根的「寄木細工」❾，但是這個小木盒顯然和箱根的工藝品不同。

「這叫『秘密盒』。」

俊生對我說明道：

「這裡頭設有機關，無法輕易打開，所以叫『秘密盒』，是我在閣樓裡發現的。問了外公後才知道，這是某個工匠做的，是非常稀奇的東西。」

「你可以隨便將這麼稀奇的東西送給我嗎？」

❾由木頭做成的獨特手工藝品。

「沒關係，我就是要給你。」

俊生這麼說著，還直直地盯著我看。

「你要自己思考開啟的方法喔，這盒子很難打開的。」

「嗯，我知道了。」

我雙手捧著小盒子，試著又壓又拉的，然而什麼事都沒發生。我完全看不出來要移動哪個部分才能打開盒子。

「如果你完全猜不出來的話，我會給你提示。」

「該不會我千辛萬苦打開後，從裡面咻地飛出什麼東西吧？」

聽我這麼一說，俊生噗哧地笑了出來。

「不會的，那不是驚嚇箱。」

「只有永澤同學才有啊，好好喔。」

坐在我身邊的小葵一邊湊過來看著我手上的盒子，一邊故意這麼抱怨道。

「小葵的生日是什麼時候？」

聽到她的抱怨，俊生便轉頭問她。

「一月十七日。」

「那我到時候再給妳別的禮物。」

「真的嗎？」

「嗯，妳要記得喔。」

「太棒了！十二月時要舉辦俊生的生日派對，對吧？」

「——對，外公好像有這打算。」

「到時候我也會準備禮物給你，送什麼好呢……？」

我聽著兩人的對話，一邊將俊生送我的小木盒放到耳邊，輕輕地搖晃。

喀啦……裡頭響起了細微的聲響。

10

在這之後，我們在俊生的提議之下一起前往〈梨里香的房間〉。

俊生知道鑰匙放在哪裡，他瞞著古屋敷先生拿出鑰匙，決定偷偷進去那個房間。

「對了，之前你們來的時候，三知也不是問我『那是什麼？』還覺得很不可思議嗎？」

這麼一說，我立刻想起來了。

「啊……你是說排在右邊牆壁上、有著各種顏色的木板嗎？」

「對，我要讓你們看那裡面究竟是什麼。」

時間愈來愈晚了。在房屋主人外出的詭異洋館中，三個孩子悄悄地潛入平時上鎖的房間裡，而且那個房間還可能是殺人案件現場……

如果問我的話，我會覺得那是既驚險、又刺激的冒險，想必小葵也和我有同樣的感受吧。

我們站在〈梨里香的房間〉門口，當俊生將鑰匙插進門上的鑰匙孔時，我們緊張得牙齒直打顫。俊生打開門和電燈後，坐在房門正對面沙發的梨里香立刻映入眼簾，因為那個樣子實在太過詭異了，我差點就叫了出來。

「梨里香的位置好像和之前不一樣。」

聽我這麼說，俊生「是啊」地點了點頭。

「因為外公這陣子都在這裡練習。」

「練習腹語嗎？」

「對。而且練習的時候，他還會從裡面上鎖。」

接著俊生朝向並排在房間西側牆壁上的七彩嵌板走去。

每一片嵌板的大小約是四十公分的正方形，我數了一下，發現是上下四層、左右七排，總共有二十八片嵌板。最底下那一層離地板有一點距離，而且每片嵌板之間也留了一些間隔，因此所有嵌板合起來的高度大約是兩公尺左右，寬則是三公尺左右。

「這全部都是『箱子』的蓋子喔。」

俊生轉向我們說明：

「牆壁裡總共嵌了二十八個『箱子』，你們看到的這些都是箱子的蓋子——你們過來這裡。」

我們按照俊生的話，一起走到他身邊。俊生重新轉向嵌板的方向。

「蓋子的顏色全部有七種，就是彩虹的七種顏色。」

「哇，真的耶！」

小葵往後退了一步，緩緩地看了整面牆後說道：

「紅色、綠色、黃色、紫色，還有……」

「橙色、藍色。你們看，每個顏色各有四張，而且是隨意排列的，對吧。」

「——對。」

「——的確是各有四張。」

「接下來，對了……小葵，妳可以幫我隨便打開一個紅色的蓋子嗎？」

「紅色？隨便哪個都可以嗎？」

「對，哪個都可以，妳就打開自己喜歡的那個吧。妳稍微轉一下上面那個銀色的把手，就像開門一樣地打開。」

「我知道了，那我要打開了……」

小葵慢慢地伸手打開正好在她眼前的紅色蓋子，那是從右邊數過來第三排、上面數下來第二層的蓋子。

她按照俊生的話抓住小小的銀色把手，稍微轉動後打開，結果——

咻——！

突然響起了某種玩具的汽笛聲，從蓋子的另一邊飛出了某個白色的物體。小葵「哇！」地尖叫一聲，當場跌坐在地。

那個白色的東西是有柔軟蓬鬆白毛的大老鼠，當然不是真的老鼠，而是類似玩偶的東西，眼睛是由紅色的玻璃珠製成的。它是藉由彈簧的力量飛出來的。

「這、這是什麼啊……討厭！」

小葵滿臉通紅地揮舞著手腳。

「嚇死我了，討厭……」

俊生嗤嗤地笑了起來，比起我被望遠鏡形狀的驚嚇箱嚇到時，這次的笑法收斂多了。可能是因為小葵是女孩子，所以比較客氣吧。

「三知也，請你也打開一個紅色的蓋子吧。」

「呃，好。」

就算已經事先知道其中有什麼機關，但是在打開的時候，還是得有會被嚇一跳的心理準備才行。我打開了最右邊那一排、從上面數下來第三層的紅色蓋子。這次沒有什麼特殊音效，而是從裡頭飛出了慘白的手掌。

那是隻手心向前，五隻手指彎曲的手掌。當然這也不是真的人的手，而是類似塑膠模特兒身上的東西。在什麼都不知道的情況之下，看到這個噁心的東西還真的會讓人嚇一大跳。

「這二十八個箱子全部都是驚嚇箱嗎？」我問俊生。

「對。每個箱子裡面的東西都不一樣……」

我不禁驚訝地大叫一聲。「好厲害！莫非這就是驚嚇館的超級驚嚇箱？」

「我想不是。」

「你外公為什麼要做這個『驚嚇箱櫥櫃』呢？是因為你媽媽喜歡驚嚇箱嗎？」

「這個嘛……」

俊生似乎想要回答什麼，但隨即又否認似地搖搖頭說：「我不知道。我雖然不知道原因……不過這個七彩驚嚇箱還有除了驚嚇箱之外的功能喔。」

「驚嚇箱之外的功能？」

「我示範給你們看。」

接著俊生當場蹲了下去，打開左邊數過來第三排、最下層的紅色蓋子後，從裡面跑出來像是塑膠模特兒人頭的東西，這讓我和小葵又嚇了一跳。

接著是左邊數過來第二排、最上層的蓋子。俊生撐著楞杖，用力地挺直身體，打開那個紅色蓋子。唧唧唧唧……隨著嚇人的聲音，裡面飛出了灰色大蜘蛛——的玩具。

這時候七彩驚嚇箱的紅色蓋子已經全部都打開了。

「像這樣打開全部的紅色蓋子後，再——」

俊生一邊說著，一邊伸手去開中間那一排、從上面數下來第三層的蓋子。

「最後再打開正中間的藍色蓋子的話，就會——」

隨著「喵」地一聲飛出來的是一隻黑貓，當然那也只是做成黑貓模樣的玩具……就在這時候——

從某處傳來了嘰、喀嘰的聲音，好像是某種……金屬零件運作的微弱聲響。

怎麼回事？當我這麼想時，同一面牆壁的左邊發生了巨大的變化。到剛剛為止都只是普通牆壁的部分，喀噠一聲打開了一扇門。

「咦？」

「咦？」

我和小葵同時驚訝地叫了出來。

「秘密門？」

「暗門？」

11

「這可以通到隔壁的房間。」

俊生說著，便走向突然出現的「秘密門」，我們連忙跟在他身後。

「俊生，也就是說，如果按照你剛剛的順序打開七彩驚嚇箱的蓋子的話，某個秘密機關就會啟動，那道牆壁就會打開嗎？」

「是啊，很好玩吧。」

「嗯，是啊。」

我雖然覺得很有趣，但又不斷地想起坐在小公園攀爬架上的那個可疑男人說的話。那個設計了這棟驚嚇館的古怪建築家，他在各地所建造的奇妙宅邸「到處都隱藏了機關」，而且——

「那個建築家蓋的房子都很不吉利。」那男人說道：「你要小心那棟房子。」

「如果先關上秘密門，再關上所有打開的蓋子，秘密門就會自動鎖上。這麼一來，就沒辦法從隔壁房間打開了。」

「嗯，所以只能從這裡開關嗎？」

隔壁房間大概有〈梨里香的房間〉一半大，看來以前似乎是當作寢室在使用。窗戶旁邊有著一張套著粉紅色床罩的大床。和〈俊生的房間〉一樣，除了面對庭院的窗戶之外，還有一道通往陽台的門。而這個陽台又同時連接了隔壁房間與〈俊生的房間〉。

「咦，那是什麼？」

小葵走進房間的正中央。

那裡有張直徑一公尺左右的大圓桌，小葵指著上頭的透明玻璃箱。仔細一看，裡面裝著像是建築物的模型。

「這該不會是這棟房子吧？」

「是啊。」

俊生站在小葵的身邊，回答道：

「是這棟房子的模型，做得很精緻吧。」

晚了兩人一步的我也站到小葵和俊生的身邊，低頭湊近玻璃箱。

裡頭的確是做得非常精巧的古屋敷家——驚嚇館的迷你模型。跟我上上個星期天在小公園看見的建築物外型一模一樣，只是大小改變而已。在經過長久的歲月洗禮和風雨的侵蝕之後，屋頂和牆壁的顏色都已經褪色、髒污了，不過最早的屋頂和牆壁的顏色想必就是這個模型的顏色。

放在驚嚇館中、和驚嚇館一模一樣的小型驚嚇館……？

「好厲害喔。」我問俊生：「這是誰做的？」

「聽說是設計這棟房子的建築家以前做的。」

聽到俊生的回答，我瞬間心跳加速，但是我還是裝成若無其事的樣子說：「這樣啊。」然後點了點頭。接著我問他：

「那個建築家是什麼樣的人？」

俊生仍然盯著玻璃箱中的「驚嚇館模型屋」，輕輕地搖搖頭。

「──我不知道。」

我不由得和小葵面面相覷，俊生仍然緊盯著玻璃箱中的模型。不知道為什麼，他的表情裡摻雜了難以言喻的悲傷、寂寞的色彩，然而下一瞬間卻被我從未見過的某種表情取代。他嘴邊浮現了奇異的微笑，那是顯得有點冷漠、而且讓人毛骨悚然的詭異微笑。

「今天晚上的事情不可以告訴任何人喔。」

回到〈梨里香的房間〉後，俊生一邊關上七彩驚嚇箱，一邊叮嚀我們：

「如果被外公知道的話，我會被罵得很慘，所以絕對不能說出去喔。」

「我知道。」

小葵用力地點頭。我問俊生：

「不能告訴新名大哥嗎？」

「這個嘛，新名老師的話就沒關係。」俊生微笑地回答：「因為我很喜歡老師，不過一定要叫他不能說出去喔。」

自從那個晚上之後，我跟小葵就把〈梨里香的房間〉叫成〈驚嚇的房間〉。

驚嚇館的生日派對

1

爸爸再次跟我說「我有話跟你說」是在一星期後——也就是十一月二十七日的晚上。

雖然是星期天，不過爸爸還是一早就出門工作了。因為市面上發售了新的次世代主機，所以我去參加了好久沒去的電玩大賽。這天我一直待到比賽結束才離開，所以沒有繞去六花町便直接回家了。一進家門，我發現爸爸居然很稀奇地比我早到家。更稀奇的是，他居然還自己準備火鍋。

「這是我特製的泡菜鍋，還是熱的喔。」

這真是太陽打西邊出來了——當然，這讓我覺得今天的爸爸相當可疑。

老實說，其實我很討厭泡菜的味道，不過還是硬著頭皮裝出很好吃的樣子吃了很多。餐桌上，不知道已經喝了幾杯啤酒的爸爸突然一臉認真、口氣慎重到令人懷疑，他對我說：「三知也……我決定明年初要去美國了。」

我一開始以為爸爸是在說海外旅行的事情，不知道他是要帶我一起去，還是要我一個人看家——但是我完全誤會爸爸的意思了。他所謂的「去美國」，並非只是單純的旅行，而是「長時間留學美國」。

「到了這把年紀還做這種事情，一定會被其他人說太亂來了。不過應該說是我突然想通了，希望改變現狀，總之我下定決心，決定要做點不一樣的事情。這半年來我考慮了很多，最後我決定暫時住在美國，去唸那裡的法律研究所。」

爸爸停了一下，又喝了一口啤酒。

「我希望你能跟我一起來。你才剛轉學到這裡不到一年，聽到這些話，你一定很驚訝吧。」

爸爸撇著嘴，窺探著我的反應。我不知道該怎麼回答他，不由得移開了視線。

「媽媽的狀況還是很不安定，我不能把你交給她。」

「你還是要跟媽媽離婚嗎？」

我靜靜地問道。爸爸再次撇了一下嘴，緩緩地點頭。

「我們的離婚協議書已經簽好了。」

「——是嗎？」

「抱歉。」

「——沒關係，真的。」

想要改變現狀前往美國留學，我想一定是爸爸真正的想法。但是在這個想法的背後，是不是也有想要放下一切離開日本的心情呢？他是不是想從地檢處這個職場、十志雄的死亡、跟媽媽的爭執……等等事情中逃開呢？

「如果三知也無論如何也不想跟我去美國，寧願留在媽媽身邊的話……」

我不知道自己想怎麼做，也不知道該怎麼做。

我也覺得媽媽很可憐，可是這一年來，她完全不曾和我聯絡過。我偶爾會對她連一通電話也不打給我感到難過，但是一想到她光是為了走出內心的傷痛就已經費盡心神了，我便放棄了對她的期待。

「我和爸爸一起去。」

吃完飯後，當爸爸粗手粗腳地開始洗碗時，我告訴他自己的決定。爸爸並沒有回頭看我，只是淡淡地回了一句：「我知道了。」

2

從星期二開始，我就無法上學了。

我並非因為突然受到爸爸要去美國的打擊而不能上課，真正的原因是很多日本人在孩提時期都會得到的病。

從星期一晚上開始，我全身上下就開始長出一顆顆紅色的疹子，而且還開始發燒。我一告訴爸爸這個狀況，他便說：「明天不要去學校，天一亮我們就去醫院。」到了醫院後，醫生看了一眼便做了「這是水痘」的診斷。

就算退燒了，但是直到水痘破掉結痂之前，還是會傳染給別人，所以絕對不能去上學。一般情況下大約一星期就會痊癒，在那之前要乖乖地在家休息。就算很癢，也不能去抓……

這真是令人痛恨的狀況。

如果跟爸爸去美國的話，最晚第三學期開學我就必須辦理轉學手續。將來會不會再回來這個地方，誰也說不準。不論是俊生或是小葵，甚至是跟我說「下次再請你吃比漢堡更好吃的東西」的新名大哥，我都無法再見到他們了。而我居然得在這個緊要關頭，關在家裡休息一個星期……

這時候水痘已經蔓延到我的全身，手腳、胸口、背部、臉上還有頭皮，全都癢得不得了。

在我臥病在床的第三天還是第四天，俊生曾經打過一次電話來。

可能是因為發高燒，我只記得一些片段的對話內容，不過我的確記得他問了「你打開那個秘密盒了嗎？」在俊生給我那個盒子後幾天，我的確花了一點心思想打開盒子，可是當時並沒有打開。我還記得他也問了我「需不需要提示？」但我全身又累又癢，實在提不起力氣講這些事情。

小葵也很擔心地打了幾次電話來。

「我已經長過水痘了，所以不用擔心會被傳染。」

但我還是拒絕了她來探望我的要求，因為我不想被她看見自己滿臉痘子的臉孔。

就這樣過了一星期，水痘終於開始結痂——

我收到了一張明信片，上頭寫著：

十二月十二日星期天下午五點半，將在我家舉行俊生的十二歲生日派對。請三知也務必前來參加。我會準備可口的點心和晚餐，以及有趣的表演，靜候你的光臨。

寄件人是古屋敷龍平。以藍色的墨水寫著龍飛鳳舞的字跡，看起來有點往右上偏，而且讓人覺得寫信的人似乎有點難相處。

「古屋敷……這就是那棟洋館的主人嗎？」

爸爸看著明信片，摸著下巴說道：

「你跟那個叫俊生的孩子很要好，所以我不會不讓你去。可是，那棟房子……」

爸爸似乎有點難以啟齒，因此我便下定決心問道：

「爸爸，你在意的難道是前年春天的事情嗎？」

「——嗯，是啊。」

「俊生的姊姊就是在那棟房子裡被殺的吧？」

爸爸露出了「你知道？」的眼神看著我。

「之前你不是說過那裡似乎發生過什麼恐怖的案件嗎？所以我一直有些在意。剛好上個月，我因為其他事情和當地的警方碰了面，偶然談到了這個話題。那是前年五月發生在六花町古屋敷家的少女殺害案件，被害者是當時剛上國中的古屋敷梨里香……」

「抓到犯人了嗎？」

聽到我的問題，爸爸躊躇了一下後，「嗯」地點了點頭。

「殺了梨里香的人是她的母親。」

「什麼？」

我不由得大叫出聲，然而心中深處卻也一直有著類似的預感。爸爸神情嚴肅地繼續說道：

「梨里香的媽媽叫做古屋敷美音，就是美麗的聲音那個美音。據說她趁女兒熟睡時，拿了刀子刺進女兒的胸口。」

「為什麼？她媽媽為什麼……」

「動機至今仍然不清楚。被警察逮捕時，美音已經完全陷入瘋狂狀態，一直說著沒人聽得懂的話……也就是所謂的精神異常。她現在並不在監獄，而是在S＊＊市某間精神療養醫院。」

「醫院……」

因為重病入院，就是這麼一回事嗎？

「雖然這麼說很奇怪，不過你去古屋敷家時還是要小心為上。」

「小心為上……」

——你要小心那棟房子。

「因為是發生過那種事情的地方嗎？」

「啊……嗯，是啊。」

爸爸看來有些驚慌，接著絕口不提這個案件。

3

「俊生，生日快樂。」

「生日快樂。」

「生日快樂。」

新名大哥、小葵和我，我們三個被招待前來的客人異口同聲地這麼說著，接著將各自準備的禮物送給俊生。

俊生的臉色還是很慘白，感覺有些無精打采，不過在收到禮物時表情還是瞬間亮了起來。他雀躍地向我們說了「謝謝」，然後偷偷看了古屋敷先生一眼，此時他的臉頰透出了淡淡的紅暈。

我們圍著驚嚇館一樓餐廳的六角形桌子坐下，當時剛好是十二月十二日晚上將近七點的時候——大家準時於五點半在古屋敷家集合，開始了慶祝俊生十二歲的生日派對。

「還有一點痕跡呢。」

剛見面時俊生看著我的臉，有些擔心地說道：

「還會痛或是癢嗎？」

「已經沒問題了。俊生長過水痘了嗎？」

「我想……應該還沒有。會傳染嗎？」

「結痂都已經掉了，所以不會傳染了。」

「這樣啊。不過這就跟麻疹一樣，大家總有一天都會得的。」

「好像是。而且聽說如果長大後才長，症狀會很嚴重。」

「既然是這樣，那還不如讓三知也傳染給我好了……」

這天非常寒冷，雖然天氣晴朗，但天空並沒有飄下俊生喜歡的雪花——

當我們聊得正起勁的時候，新名大哥帶著小葵抵達了。他穿著厚重的羽毛夾克，戴著皮手套、毛線帽和圍巾，防寒裝備十分齊全。他的摩托車似乎停在湖山家門口。因為有新名大哥做伴，所以小葵的爸媽很乾脆地就讓她晚上外出了。

「因為我家很近，就算玩到很晚也沒關係喔。」

小葵一開始就很興奮。

「究竟什麼是『有趣的表演』呢……？」

古屋敷先生穿著黑色的厚襯衫搭配暗紅色的背心，笑容滿面地迎接我們進屋。一陣子不見，他的白色鬍子又更長了。現在正好是寒冷的季節，如果他穿上類似的打扮走在街上，一定會被年幼的孩子們說是「聖誕老人」。

我本來以為邀請函上寫的「可口的點心和晚餐」一定是關谷太太費盡心思做出來的

料理，但是我猜錯了，餐桌上擺放的是某家餐廳的「超級派對組合」之類的外送菜色。乍看之下雖然很豐盛，卻給人一種不太搭調的感覺，一問之下才知道，關谷太太在上個月底辭職了。

「得再找新的幫傭才行。」當大家正傳著飲料時，古屋敷先生挑著白眉毛說道：「俊生，這次要找什麼樣的人呢？」

俊生默默地搖搖頭，看起來似乎有什麼心事似的。

就這樣過了一個多鐘頭後，桌上出現了一個很大的生日蛋糕。古屋敷先生將十二根藍色蠟燭插在蛋糕上，以火柴點燃了蠟燭。

當我們關掉電燈，唱起了只要有人生日就一定會唱的〈生日快樂歌〉時，我想起了以前的時光。直到前年冬天十志雄不在為止，我們家也是每年都會舉行兩次類似的派對來慶祝兄弟兩人的生日嗎……？

俊生吹了三次才吹熄全部的蠟燭。

4

俊生一個接一個慢慢打開我們送他的禮物。

新名大哥送的是自行組裝的恐龍骨骼模型。

小葵則是送了手工餅乾和藍色封面的日記本。

至於我的禮物……

「哇！這是Game Boy嗎？」

打開包裝之後，俊生驚訝地直眨眼。

「雖然不是全新的……不過我還是想要送給俊生，還有一些遊戲卡匣也一起放在裡面了。」

「有俄羅斯方塊嗎？」

「有。如果不知道玩法的話，我再教你。」

「三知也，謝謝你。」

俊生接著看了沉默地看著我們對話的古屋敷先生一眼，戰戰兢兢地問道：

「外公，如果是稍微玩一下的話，應該沒關係吧？」

古屋敷先生雖然微笑地點點頭，但我卻覺得他的眼睛裡毫無笑意，我甚至覺得他瞪了我一眼。

「那麼，大家——」

古屋敷先生滿臉笑容地招呼我們：

「吃完蛋糕之後，就來聽俊生彈鋼琴吧。」

接下來我們被帶去到目前為止一次也沒進去過的〈音樂室〉。房間正中央擺著一架平台鋼琴，還有樣式老舊、卻很氣派的音響組合，以及整齊地放滿了樂譜和唱片的櫥櫃，牆壁上還裝飾了各式各樣的繪畫和照片。

今天的俊生不像之前見面時撐著T字形的枴杖，而是使用上半部可以固定前手腕的枴杖。難道是因為腳的狀況比之前更差了嗎？他在鋼琴前的椅子上坐下，將枴杖放在地板上，接著打開了很沉重的蓋子。

「那麼……雖然曲子不長，還是請大家聽聽看。」

俊生的演奏比我想像的還要出色，老實說我嚇了一跳，他彈的曲子聽來有些陰暗，有著古怪又困難的節拍和旋律……我不怎麼喜歡。之後新名大哥告訴我那是叫做「艾瑞克・薩第⑩」作曲家的名曲。

「我之前也聽過俊生彈琴。他媽媽似乎很喜歡薩第的那首曲子，所以經常彈奏。」

演奏結束後離開房間時，俊生低聲地叫住我：

「三知也，你打開了那個秘密盒了嗎？」

「我試了一下，但是後來就因為長水痘一直昏睡。」

「還沒啊？」

俊生有點失望地低下頭去，隨即又抬起頭來看我，「我給你提示吧。那個和一般的寄木細工的盒子不一樣，因為『也有斜的』……知道了嗎？」

5

「喔，已經這個時間了嗎？那麼——」

當大家回到餐廳休息片刻，時間剛過七點四十五分時，古屋敷先生開口道：

「俊生差不多該去睡了。」

「咦？已經要去睡了？」

小葵不滿地抗議道。我雖然也這麼覺得，但是俊生的身體狀況比較重要，他今天看起來沒什麼精神……如果還硬撐著讓雙腿的狀況更加惡化的話，那今天的生日派對就沒有意義了。這麼一想，就會覺得這也是沒辦法的事。

「俊生，你累了嗎？」

面對新名大哥的問題，俊生一臉憂鬱地輕輕點了點頭。

⑩艾瑞克．薩第（Erik Satie，一八六六－一九二五）法國作曲家，作品風格清冷神秘。

「你自己可以走嗎？——還是我帶你去吧，來。」

古屋敷先生從椅子上站起來，面對我們說道：

「你們就先休息一下吧。」他臉上雖然帶著微笑，卻有種不容我們拒絕的壓力。

「在這之後將會有有趣的表演，請你們一定要看，梨里香快等不及了。」

古屋敷先生攙扶著拄著枴杖的俊生走出了餐廳——

「你不覺得很過分嗎？」

小葵像隻貓似地眨著雙眼。

「這明明是俊生的生日派對，古屋敷先生卻把壽星趕去睡覺，還說什麼『梨里香等不及了』。」

「說到梨里香，邀請函上所寫的『有趣的表演』該不會就是那個吧？」

聽我這麼一說，小葵立刻回答：

「又是那個在二樓〈驚嚇的房間〉裡表演的可怕腹語嗎？」

「或許吧。古屋敷先生似乎一直認為那具人偶是活的……」

「果然弟弟妹妹就是吃虧。」

小葵這麼說著，皺起了眉頭。

「我也有過同樣的經驗。我們家就算有任何派對，我也總是被說什麼小葵是妹妹，年紀還小，所以快去睡覺。姊姊就可以整晚熬夜，和媽媽他們看錄影帶，玩一整個晚上。你不覺得這很不公平嗎？從某個角度來說，這也算是某種虐待。」

聽到「虐待」這兩個字，我心中升起了一股恐懼的不安感。我看向新名大哥：

「新名大哥，你看過古屋敷先生的腹語表演嗎？」

「我沒看過，我也沒看過叫做梨里香的人偶。」

「你一定會嚇一跳的，因為古屋敷先生會裝出『梨里香』的聲音，而且那實在是不怎麼成功的腹語……」

「嗯——光是想像，就讓人不舒服呢。」

新名大哥露出想笑又笑不出來的表情，咬著香菸的濾嘴。

過了一陣子——大概是整整二十分鐘左右吧——從樓梯那裡傳來了古屋敷先生嘶啞的聲音。

「請大家上二樓來吧，請來〈梨里香的房間〉，你們知道位置吧？」

「知道——」

小葵刻意很有精神地回答古屋敷先生：

「我們馬上就去。」

我們爬上樓梯，轉向左邊的走廊……在前往〈梨里香的房間〉的途中，我很在意地偷看了一眼〈俊生的房間〉。古屋敷先生可能已經在〈梨里香的房間〉裡等我們了，不論樓梯或是走廊都沒有他的蹤影。

我悄悄地打開俊生房間的房門，室內只有夜燈微弱的光芒，可以看見床上有蓋著棉被橫躺的影子，柺杖則放在床邊——看來已經睡著了。隔了這麼久才和我們見面，而且還在大家面前演奏鋼琴……想必一定累壞了。這麼一想，我就決定不叫他了。

「來、來，大家快進來吧。」

大概是察覺到我們已經走到〈梨里香的房間〉門口吧，從明亮的粉紅色房門裡傳來了古屋敷先生的聲音。那聲音中透著奇妙的活力，講話的口氣聽來裝模作樣的。

「請大家看我特地為今天準備的特別表演，快請進——」

6

進去房間後，我不由得「啊」了一聲。

西側牆壁上的「七彩驚嚇箱」的蓋子被打開了，就像之前來時俊生示範給我們看的一樣，四個紅色蓋子和正中間的藍色蓋子是打開的，裡面的假老鼠或手掌之類的東西統統彈到外面。這麼說來，通往隔壁房間的秘密門現在是打開的……

有個東西從隔壁房間被搬到這個房間來了，那是收在透明玻璃櫃中的「驚嚇館模型屋」。它連著當作底座的圓桌一起被搬過來，剛好就放在房間正面的三人沙發的旁邊。

「請大家坐在那邊吧。」古屋敷先生說道。

他坐在三人沙發的正中間，在沙發前面的紅色地毯上，距離沙發大約兩公尺處的地方有三把椅子，那是為我們準備的「觀眾席」。

「來、來，請不要客氣——」

古屋敷先生還是維持著裝模作樣的口氣。從我們的方向看去的左邊……

——大家不要發呆，快點坐下來吧。

古屋敷先生的嘴唇不自然地動著，發出了詭異的「梨里香的聲音」。在我身旁的新名大哥發出了「呃」的一聲。

——雖然俊生已經去睡了，不過還是要請大家好好地享受接下來的表演喔。

「梨里香」就坐在左邊。

鮮豔的黃色洋裝，垂到胸前的金色長髮，蝴蝶形狀的翠綠色髮飾，從嘴角兩端直直地畫到下巴的黑線，然後，睜得又圓又大的藍色雙眼……我的腦海裡浮現了各種想像，而那雙十分空洞的雙眼，讓我不由得打了個寒顫。

古屋敷先生仍舊像之前表演給我和小葵看時一樣，右手繞過「梨里香」的背部潛入她的衣服下。

「那麼，梨里香。」古屋敷先生對她說道。

他的臉上已經找不到方才的笑容，反而像是被某種不好的東西附身似地扭曲著。因為太過恐怖，我們連一句話都說不出來。

「差不多該開始了，準備好了嗎？」

——**外公，我準備好了。**

配合著古屋敷先生以腹語發出的「梨里香」的聲音，她的雙唇喀啦喀啦地開合著，無神的藍色雙眼啪嗒啪嗒地眨著。

就這樣——

我們三人戰戰兢兢地在「觀眾席」坐下，一起屏住呼吸、睜大雙眼注視著詭異的腹語表演。

驚嚇館的起源

1

「梨里香，我今天晚上邀請他們來聽這棟房子——古屋敷家的簡短歷史。演出名稱是『驚嚇館的起源』，我們這就開始囉。」

——快開始吧……

「事情要從距今四十年前的一九五四年九月二十六日開始。」

——好久以前的事情喔。

「所謂的歷史就是指很久以前的事情啊——那天晚上，在青森和北海道之間的海上發生了重大的事故。不顧激烈風雨照常出海的聯絡船不幸沉沒了，總共有大約一千兩百名乘客和船員死在這場船難中。」

——好嚴重的事故喔。

「是啊，大家都說這是繼有名的鐵達尼號沉船之後最嚴重的船難——而在那艘船上的乘客當中——」

——在乘客當中？

「梨里香，妳還記得我告訴過妳外公和外婆的故事嗎？妳應該還記得吧？我跟妳說過好幾次了。」

——我記得。他們是日沼外公和日沼外婆。

「是的——在橫濱開設貿易公司的日沼宗介和他的妻子八千代，他們兩人很不幸地在旅行時搭上了這艘船，就這麼失去了生命。他們生了一個名叫美音的女兒，因為她當時只有四歲，所以他們並沒有帶她一起去旅行，而是將她託給了朋友照顧，也因此美音幸運地逃過一劫。同時失去雙親的美音，不久就被父親那邊的親戚接走了。」

——就是古屋敷外公和古屋敷外婆……

「是的，梨里香。那個親戚叫做古屋敷春子，也就是我的太太。於是四十年前美音就以養女的身分來到了沒有小孩的古屋敷家。然而——」

——然而？

「或許是因為受到從小失去雙親的打擊，美音無法對養父母——也就是我們夫妻敞開心房。不論跟她說什麼，她都沒有任何回應，既不哭也不笑，彷彿失去了所有感情。

「即使如此，我們還是很寵美音，希望有一天她會對我們敞開心房。我們帶她去各地的遊樂園和動物園，為她買了許多她喜歡的人偶，帶她去看腹語和魔術表演……可是美音仍舊沒有改變，臉上完全看不到任何笑容。

「我們煩惱了好幾年後，決定離開當時居住的橫濱，搬到我妻子春子的故鄉，也就是現在這個A＊＊市。我們想說不定美音會因為環境的變化，內心也有所改變。」

——那是三十年前的事情，對吧？

「喔，妳記得真清楚。」

——因為外公說過好多次了嘛。

「是啊——那是距今三十年前，也就是一九六四年的事情。我們夫妻決定在六花町為美音蓋一棟房子。於是——」

——於是外公便委託了某位建築家。

「是啊。外公很信賴的朋友說，對方雖然很年輕，但是非常優秀，所以將他介紹給外公認識。」

——那個建築家的名字叫做ㄓㄨㄥ ㄘㄨㄣ ㄑㄧㄥ ㄙ……

「是的，ㄓㄨㄥ ㄘㄨㄣ ㄑㄧㄥ ㄙ……他雖然年輕，但的確是個優秀的建築家。他的個性有些古怪，給人的第一印象也不好，然而聽了美音的狀況後，他很乾脆地接受了我們的委託……」

——他所設計建造的就是這棟房子……驚嚇館，對吧？

2

「我現在還清楚記得，那個年輕的建築家不知道為什麼對美音十分照顧。」

——因為他以前認識叫「美魚」⓫的女孩子，不是嗎？

「是啊，他曾經露出很懷念的表情說過這件事情。這時候的美音已經十多歲，但是仍舊緊閉著心房，也無法好好上學。然而，當這棟房子落成時，那個建築師為了美音準備了兩個禮物。一個是薩第的唱片，另一個則是——」

——另一個則是……

「這個。」古屋敷先生指了放在沙發旁圓桌上的玻璃箱。

——這棟房子的模型吧。

以腹語表演的「梨里香」這麼說道。

古屋敷先生用力地點點頭，從沙發上站起來將玻璃箱的蓋子放在地上，接著雙手伸向驚嚇館模型屋的屋頂說道：

「在建築家的催促之下，美音就像這樣……拿下了這個模型屋的屋頂。」

古屋敷先生一邊看著我們這麼說著，一邊用手指抓住屋頂的邊緣，將它從房子上拔了起來。就在這一瞬間——

響起了啪啪啪……的聲音，有東西從模型屋中飛了出來。

——哇！

古屋敷先生裝出來的「梨里香的聲音」發出了做作的尖叫聲。屏氣凝神地留意事情發展的我們，被這個出乎意料的情況嚇了一大跳。

飛出來的是比鳳蝶還要大上好幾倍的蝴蝶，當然不是真的蝴蝶，而是模型蝴蝶。蝴蝶的翅膀呈現半透明的綠色，似乎是賽璐珞之類的材質。它藉著彈簧或發條的彈力，做出宛如展翅飛翔的動作，只要拿掉屋頂，它就會從裡頭飛出來。

「這是建築師藏在禮物中的小小惡作劇。這個模型屋本身就是個驚嚇箱。」

——啊啊，真是嚇死我了！不過這個蝴蝶好漂亮喔，和彩繪玻璃的蝴蝶是同樣顏色耶……

古屋敷先生坐回沙發，對梨里香回應了一句：「是啊。」

「那時候的美音也是嚇了好大一跳，下一秒鐘居然就開心地笑了出來，這可輪到我們驚訝了。自從發生沉船事故後，她一次也沒笑過，沒想到居然因為這麼簡單的裝置而

⓫「美魚」和「美音」在日文中的發音相同，都是「Mio」。

笑得這麼開心……我們當時真的打從心裡感謝這位建築家。」

驚嚇館中的第一個驚嚇箱……嗎？

房子本身就是巨大的驚嚇箱的傳聞，說不定就是從這裡來的——我不禁這麼想。

——所以在那之後，外公和外婆便開始蒐集驚嚇箱了。

「是啊。我們心想或許美音會因為驚嚇箱感到高興，因此開始四處蒐集各式各樣的驚嚇箱送給美音。」

——這個房間的那道牆壁也是嗎？

「嗯。那是在房子完成之後特別訂做的。通往隔壁房間的暗門是建築家的想法，我們則大幅地加以改造。」

——那麼為什麼要將蓋子塗上七種顏色呢？

「我們想那孩子會喜歡色彩繽紛又熱鬧的感覺。」

——這一切都是為了美音……媽媽做的呢。

「是的，梨里香，就是這樣。」

古屋敷先生接下來轉向「觀眾席」上的我們說道：

「……因為如此，不知道從什麼時候開始，大家就稱呼這棟房子為驚嚇館。」

3

「在那之後經過了十幾年的漫長歲月，美音在眾多人偶和驚嚇箱的守護下，成為亭亭玉立的美麗女子。這段期間，春子因為生病而離去，我和美音就這麼相依為命地度過了好長一段時間。接著——

「在美音二十九歲那年——也就是距今十五年前，一九七九年六月六日的早上，在市內的醫院生下了梨里香。」

——梨里香……那就是我呢。

「是啊，梨里香，就是妳被生下來了。」

——外公，梨里香的爸爸是怎麼樣的人呢？

「梨里香的爸爸……」

古屋敷先生突然閉口不語。他的臉上開始出現不知道究竟該說是憤怒還是悲傷的表情，這讓我們三人感到十分驚訝。

「他是個很過分……跟野獸沒什麼兩樣的男人。美音並沒有錯，是那個男人、那個男人……」

我們甚至聽見了古屋敷先生咬牙切齒的聲音，不知道為什麼會用如此痛苦的聲音說出那些話。他緊咬著下嘴唇，彷彿都要滲出血了——然而，下一瞬間，他突然像變了個人似地微笑說道：

「梨里香，妳不需要擔心害怕。」

——外公，真的嗎？

「真的，妳什麼都不需要擔心，妳……」

古屋敷先生再次閉上雙唇，他壓抑著讓臉孔痙攣、幾乎要噴發出來的憤怒感，露出了扭曲的笑容。

太詭異了——我心想。

這真的是太詭異了——我的背脊發冷。

「俊生是在三年後出生的，父親仍舊是……那頭野獸，那個混帳東西。三年後的十二月十二日……喔，對了，今天正是俊生的十二歲生日。」

——是啊，外公，所以大家才會來慶祝啊。

「對啊，妳說得對。」

——外公，我可以問一個問題嗎？

「喔？是什麼問題呢？」

——為什麼美音……媽媽她要在前年的那個晚上對梨里香做那種事情呢？為什麼要

對睡在隔壁房間的梨里香那麼做……

「啊……那是因為美音認為梨里香是惡魔的孩子。」

——惡魔的、孩子？

「梨里香長得和媽媽很像，肌膚白皙，長得又漂亮，可是她從小就有點奇怪。雖然她對我和俊生總是很溫柔，然而她總是用非常冰冷的眼神看著大人，還會毫不在意地虐待殺害小動物。有時候眼睛的顏色還會呈現人類不該有的顏色，甚至還能隨意地操縱周遭的朋友……不知道為什麼，梨里香的媽媽竟然用這種眼光看待自己的女兒。而不知從何時開始，她一直說梨里香是『惡魔的孩子』，完全不肯聽我們的勸告。」

——惡魔的、孩子。梨里香是惡魔的、孩子。惡魔的、惡魔的……

「我不知道到底發生了什麼事，但是我認為就算梨里香真的是惡魔的孩子，那也不是生下她的美音或是梨里香本身的錯，一定是那個讓美音生下梨里香的男人的錯——是的，就是這樣。啊啊，但是……」

古屋敷先生的表情再次因為激動的情緒而扭曲著。

「不論我怎麼責備美音，她就是聽不進去，而且還愈來愈鑽牛角尖，最後終於失去了理智……所以前年春天的那一天，才會發生那個恐怖的事件。她利用半夜潛入梨里香的房間，拿起像這樣的刀子。」

古屋敷先生一邊說著，一邊再次從沙發起身，接著從放著驚嚇館模型屋的圓桌邊緣拿起一把刀子，那是一把有著金色刀柄的細長水果刀。

「她用刀子——就像是這樣的刀子插入熟睡中的梨里香的胸口……」

古屋敷先生右手緊握著刀子，面對著坐在沙發邊緣的「梨里香」，然後，高高舉起刀子。

——外公，住手！

「梨里香的聲音」因為恐懼而顫抖著。

——外公，不要！

即使自己用拙劣的腹語發出那種聲音，古屋敷先生仍然不肯放下高舉的手。

「住、住手。」

坐在我身旁的小葵突然站了起來，小聲地叫著，新名大哥也同樣站了起來，顫抖地說道：「古、古屋敷先生，那個、刀子很危險……」

但是古屋敷先生看也不看我們一眼，只是十分用力地往下一揮。

「哇！」小葵叫了出來，在此同時，我也發出類似的聲音。

此時響起了沉重的「唰」的一聲。

被刀子刺中的不是「梨里香」，而是沙發靠背的部分。

唰……唰……唰。

古屋敷先生拔起刀子，接著重複了好幾次相同的動作，不斷地刺著沙發靠背的部分，一邊刺還一邊發出了「喔嗚嗚嗚……」痛苦的低吟聲。

「……為什麼？」

他狂亂地追問著，可是我不知道他追問的對象究竟是什麼人。

「為什麼要讓我做出這種事？為什麼要讓我做出這種、這種、這種……喔嗚嗚嗚……」

他痛苦的呻吟聲慢慢轉變成讓人感到有些不舒服的啜泣聲……不久後他終於放下緊握在手中的刀子，趴在地板上，雙手抱頭地全身顫抖著。

我們因為古屋敷先生狂亂的模樣而受到了巨大的衝擊，呆立在當場，完全不知道該怎麼辦。然而——

一會兒後，古屋敷先生迅速起身，一臉若無其事的表情告訴我們：

「今天晚上的『驚嚇館的起源』就到這裡結束。」

——就到這裡結束。

他以「梨里香的聲音」這麼說道，接著向我們深深一鞠躬。

「下次有機會再請大家聽接下來的故事，請耐心期待——」

驚嚇館的聖誕節

1

隨著腹語劇「驚嚇館的起源」落幕後，生日派對也結束了。我們像是逃命似地離開古屋敷家，而且因為時間很晚了，我們便就地解散。但是——

在騎著腳踏車回家的路上，我還是全身抖個不停。不只是因為寒冷的天氣，還有方才那棟房子裡發生的事情，讓我受到了巨大的衝擊。

小葵和新名大哥一定比我還更難以接受剛剛發生的一切，因為我在事前便從爸爸那裡得知殺害梨里香的人正是她的媽媽美音，小葵和新名大哥想必對此事一無所知，所以他們一定會更感到十分震撼。

梨里香是惡魔的孩子一事也是，雖然這是完全無法想像的事情，但我以前就聽俊生說過了。

——我姊姊說不定是惡魔。

所謂「惡魔」、「惡魔的孩子」真的存在於現實世界中嗎？如果「驚嚇館的起源」

所演的內容是事實，也就是美音認為自己的女兒是惡魔的孩子，最後終於殺了她。然而這一切究竟是她的妄想？還是梨里香真的是「惡魔的孩子」？

接下來當然還有古屋敷先生對待俊生的問題。

隔天我和小葵在學校見面時，始終繞著這個話題打轉，她十分擔心俊生的狀況。

「古屋敷先生實在太奇怪了，他的腦袋絕對有問題。和那樣的外公單獨住在一起，而且還……俊生，這樣真的不會有問題嗎？幫傭的太太也辭職了……」

我和小葵同樣很擔心俊生，我也認為古屋敷先生精神有問題——然而，我們卻不敢說出今天要去見俊生的話。我們對這一切感到混亂不已，但只要一想起前一天晚上的事情，便深深害怕起古屋敷先生。

2

我們決定先找新名大哥來，三個人好好談一談。

因為我們兩個的意見一致，於是便約好這個週末——也就是十二月十七日星期六的下午要三個人一起碰面。當天雖然要上英語會話課，但是我蹺課了。

到星期六為止，我下定決心地打了好多通電話到古屋敷家，但是古屋敷先生或是俊生都沒有接電話。小葵每次經過古屋敷家時，也會特別注意玄關和窗戶的動靜，可是也完全沒看見俊生或古屋敷先生的蹤影。

我們選擇在我之前碰到新名大哥的站前速食店碰面。小葵本來提議在她家見面，然而新名大哥認為暫時不要讓其他大人知道比較好。

「從那之後，古屋敷先生就叫我不要去上課……說要暫時休息一陣子，不過倒是沒被開除啦。」

新名大哥不知為何一臉陰鬱。

「俊生雙腿的狀況怎麼樣了？」

聽我這麼一問，他憂鬱地皺起眉頭：

「狀況似乎很不好，之所以暫時停止上課，也是這個緣故，但是實際情況我也不清楚——對了，三知也，你之前就聽說過梨里香是惡魔的孩子這件事嗎？」

「是的。俊生之前跟我說過，他還說媽媽很討厭姊姊。」

「他們的媽媽殺死梨里香一事似乎是真的，我在那之後也做了一些調查。」

「我爸爸也是這麼說的。他是從警方那裡聽到的，俊生的媽媽現在住在專門療養的醫院裡。」

「專門療養的……精神病院嗎？——一般人只要提到惡魔的孩子，就會認為身上某處會有類似六六六的痕跡，生日是六月六日。」

「那是什麼意思？」

「以前恐怖電影的劇情——先不說這個——」

新名大哥打算繼續說下去時，小葵從一旁插嘴道：「努哥哥，梨里香和俊生的爸爸究竟是什麼人？為什麼古屋敷先生會將他說成那樣？」

「這點我也很在意。」新名大哥的眉頭愈皺愈緊。「我覺得古屋敷先生那麼溺愛養女美音，如果不是他看得上眼的男人是不可能和美音結婚的。在那之後，我也想過莫非他……」

講到這裡，新名大哥用力地甩了甩頭，「算了，不說這個。」這時候的我完全無法猜測他想說什麼……

「總之最重要的是俊生的問題。」

聽到他這麼說，小葵非常認真地主張道：「那絕對是虐待。」

我窺看著新名大哥的反應。

「虐待……嗎？」

「當然是虐待，俊生一定一直被古屋敷先生虐待。努哥哥，你認為呢？」

「俊生這陣子經常全身是傷，雖然古屋敷先生說那是因為他雙腿經常撞到東西，但該不會是……」

「古屋敷先生虐待造成的嗎？」

聽到我的問題，新名大哥點點頭，雙手環抱在胸前。

「——說不定真是如此。」

這麼說來——我想起了某件事情。

九月下旬他第一次招待我進屋的時候，我發現俊生左頰上貼著ＯＫ繃。我當時以為他是摔倒擦傷了臉頰，莫非那也是虐待留下來的痕跡？

「撒拉弗和基路伯的事情會不會也像俊生說的，是古屋敷先生做的呢？」

「嗯嗯，不能否定這個可能性。」

「為什麼他要這麼做呢？」

「一定是因為他腦袋有問題啊。因為發生太多事情，受到太大的打擊，之後就變得精神失常了。如果不是這樣，他怎麼會……」

「遭受親人虐待的孩子是沒有辦法主動告訴他人自己被虐待的事實的，我以前也是這樣——」

新名大哥閉上雙唇，輕輕地搖了搖頭。我這才恍然大悟，想起了之前見面時，他曾經說過「雙親因為某個原因離婚……」

「我以前也曾經受到虐待——當我還是孩子的時候，曾經遭受過我母親反覆的暴力對待。」

新名大哥喃喃地說著，用力地閉上雙眼。

「我有很長一段時間都無法告訴別人這件事情。我一直認為我母親不是有意這麼做的，是我不對，才會讓她這麼對我……或者該說，我寧願這麼想……」

如果俊生真的遭受古屋敷先生不合理的虐待，那我一定要做些什麼，我一定要想辦法救出俊生……我認真地這麼想著——但是，我該怎麼做？

我們該怎麼做？我們能做些什麼？

「關於俊生是不是真的被虐待，我想先試著和古屋敷先生談一談。萬一發生什麼緊急狀況，也得考慮和兒童福利單位聯絡——」

新名大哥嚴肅地看著我和小葵，說道：

「隨隨便便將事情鬧大的話，反而會出問題，你們要記住囉！」

3

在三人談過話後的第三天——也就是星期一的晚上，新名大哥直接和我聯絡，他告訴我那天下午他和古屋敷先生談過了。

打了好多次都沒人接的電話，那天下午古屋敷先生終於接了。新名大哥下定決心問他關於俊生的事情，古屋敷先生生氣地反問：「為什麼要隨隨便便誣賴我？我一直都很疼愛我的孫子，不論是梨里香還是俊生都一樣，我甚至可以說已經到了溺愛的地步。我沒有必要被你們這樣懷疑。」

接著他沉默了幾十秒，然後突然以很溫和的口氣說道：

「既然如此——聖誕節晚上你們再來一趟吧，來看上次表演的內容接下來的故事。只要你們願意來的話，俊生和梨里香都會很高興的。」

聽到他這麼說，新名大哥驚訝地不知該如何回應，古屋敷先生則迅速地擅自決定了「二十五號晚上七點」的時間。這時候的他已經不再生氣，反而心情好得有點奇怪。

「你打算怎麼辦？」

聽到新名大哥的問題，我一時找不到答案。

「我已經問過小葵了，她說只要我跟你都要去的話，她就去。」

「新名大哥呢？」

「我非去不可。按照古屋敷先生目前的狀況，除了聖誕節那天以外，我們是不可能進去那棟屋子的。所以我們必須利用他邀請我們去的機會，確認俊生的安危。」

「說得也是——新名大哥說得對。」

我握著話筒，看著牆上的月曆。

距離十二月二十五日還有六天的時間，如果跟爸爸說我又要去驚嚇館，他一定會面有難色。然而即使他不同意，我也非去不可。

過完年後沒多久，我就會離開這個城市和這個國家了。雖然爸爸已經告訴我他預計在一月上旬離開，但我還沒告訴小葵和新名大哥這件事，當然也沒告訴俊生——

聖誕節的晚上或許是我去美國前最後一次到驚嚇館跟俊生見面的機會，這麼一想，我便覺得好寂寞，而且還有很難過的感覺……彷彿肺中的空氣慢慢被抽光似的。這是和聽到哥哥去世或是決定和媽媽分開時完全不同的感受。

4

終於在二十五日的前一天——那天晚上，我總算打開了俊生給我的秘密盒。

雖然我一直將它放在心上，但是這陣子始終無法專心，也沒有心情研究這個盒子。前往美國的日子愈來愈近，我得不停地準備很多事情。

一開始我以為這個盒子只要按照箱根的寄木細工的要領，找出打開機關的方法就可以。也就是先找出某個可以動的部分，接著就會出現其他可以動的部分……只要按照正確的順序進行的話，最後就能打開盒子的某一面。

但是這個盒子卻完全出乎我的預期，雖然我找到幾個可以動、或是看似可以動的地方，可是根本無法一塊接著一塊移動。然而——

我腦中一直記著俊生在生日派對上給我的提示，我集中精神研究了一會兒之後，終於找到了打開盒子的方法。

「因為『也有斜的』……記住喔。」

突然說了這麼一句，讓當時的我覺得有點莫名其妙，不過實際上試著打開盒子後，我就理解俊生的意思了。

這個盒子是個像是兩、三本文庫本疊在一起的長方體，如果用打開寄木細工的要領找尋盒子的機關的話，很容易就陷入要以和長方體各邊水平方向來移動的迷思，也就是會以「直」或「橫」的方向來推動「可以動的部分」。其實一般人只要試著去「推動長方體的一部分」，就會產生這種最自然的反應，結果就會不斷地嘗試直的和橫的方向，造成思考上的盲點。

「也有斜的」不正是指這件事嗎？

可以「動」的方向不光只有直的和橫的，也有「斜」的。

因此我猜想「說不定是要斜斜移動」，於是開始在盒子各處施加壓力。果然，我的想法是正確的，我試了幾個地方，以斜斜的方向移動過後，手中的確傳來不同的感覺。找到秘訣後，接下來就簡單了。幾分鐘後，我就解開了所有機關，打開了盒子的某一個側面。我往裡頭一看——

那是被摺成很小的便條紙之類的東西，當我搖晃盒子時，聽到的聲音就是這張紙條發出的聲音。

我取出紙條，輕輕地打開，當我看到用鉛筆寫在上面的文字時——

就像是有人從我頭上潑了冷水似地，我驚愕不已。這是怎麼回事？

Help us！——「救救我們！」

這是俊生藏在秘密盒裡對我發出的訊息嗎？那是距今一個月前——

所以不管是在生日派對上，還是之前的電話裡，俊生才會如此在意我是否打開了盒子。然而我卻……

5

終於，重要的十二月二十五日來臨了。

我們先在小葵家集合，然後等到時間到了之後，便出發前往驚嚇館。新名大哥這天也是騎著摩托車，他揹著平常揹的背包，穿著和生日派對那天相同的禦寒衣物，卻還是很冷似地不斷搓著戴著手套的雙手。

「今天似乎會下雪啊。」他抬頭看著已經日落的寒冷天空，喃喃說道：「我本來不打算騎車來的……算了。」

新名大哥的預測十分準確，離開湖山家到古屋敷家的幾分鐘內，白色雪花開始從我們頭頂上飄落。這是我第一次看見這個有著雪花別名的街道所降的雪。

途中，我告訴新名大哥和小葵前一晚發現的秘密盒內的訊息。

小葵先是「什麼？」地叫了出來。

「果然沒錯！你不是很早之前就拿到那個盒子了嗎？所以俊生從那時候開始就已經被他外公虐待了。」

「上面寫著『Help us！』對吧？」

新名大哥跟我確認，我「嗯」了一聲點點頭。

「我可以理解『Help』，但是為什麼會寫『us』呢？這句話翻譯過來的意思就是『救救我們』，為什麼不是『我』，而是『我們』？」

「我也想過這一點，我猜那可能是指梨里香吧？」

「梨里香，你是說人偶嗎？」

「還是死掉的梨里香？」

面對新名大哥和小葵的問題，「我想兩者都是。」我回答道：「我總覺得梨里香人偶對俊生而言也是『活生生的存在』。」

「梨里香生前一定也被虐待了。」

新名大哥問這麼說著的小葵：

「那是被古屋敷先生、還是被他們那個叫美音的媽媽虐待呢？」

「嗯……一定是被他們兩人聯手虐待的。」

在愈來愈大的風雪中，我們三人終於來到驚嚇館的門口。

新名大哥按下門柱上的門鈴，等了一會兒，卻沒有任何反應。於是新名大哥毫不猶豫地推開青銅格子的鐵門，走向通往玄關的小路。

「可以隨便進去嗎？」

聽到我的問題，新名大哥轉頭對我們說：「沒關係。」接著招手叫我們過去。

「我今天下午接到古屋敷先生的電話，他說玄關沒有上鎖，叫我們直接進去。他在二樓的〈梨里香的房間〉等我們。」

在〈梨里香的房間〉等我們——這句話讓我心中湧起一股不祥的預感。我追上新名大哥，他打開沒有上鎖的玄關大門，一邊叫著「古屋敷先生」，一邊走進屋內。

驚嚇館內靜悄悄的，感覺就像沒有人在似的。

或許自從關谷太太辭職後，屋裡就不曾打掃過了。玄關入口跟走廊感覺非常髒亂，只要一走動就會有大片的灰塵飛舞，而且還有一種難聞的味道，微微地沉澱在空氣中。

我們屏住氣息，戰戰兢兢地走在走廊上。

走廊深處的客廳裡裝飾著和小孩身高差不多高的聖誕樹，但是暖氣並沒有打開，室內非常寒冷，裝飾在聖誕樹上的燈泡也沒有亮。

「古屋敷先生。」

新名大哥又叫了一聲，但是如果古屋敷先生在〈梨里香的房間〉裡，那麼不管再怎麼叫，他也聽不見吧。

「俊生。」這次換小葵開口。「俊生，你沒事吧？」

沒人回答。或許是外面下雪的關係，冰冷的空氣更加突顯整棟房子寂靜的氣氛。

我們穿過客廳，打算走向樓梯時，發現沙發後方有個隨手扔在地板上的東西。我

「啊」了一聲，將它撿了起來。

那是我在生日時送給俊生的Game Boy。我發現——背面的電池蓋被拔掉了，電池被拿了起來，也沒有插著遊戲卡匣。而且，不知道發生什麼事，遊戲主機和液晶畫面上有好幾處嚴重的損傷。

「——好過分。」

我不自覺地低聲說道——這一定是古屋敷先生做的，他對於我擅自送給俊生遊戲主機這件事感到不高興，所以才會這麼做……

我難過地將受到嚴重損傷的哥哥的遺物放在沙發上，就在這時候——

小葵發出了微弱的尖叫：「這、這是什麼？」

她站在聖誕樹前，等到我和新名大哥衝過去後，她以顫抖的手指指著聖誕樹說：

「你們看，那邊那個……」

我們順著她指的方向看去，發現樹梢上插著兩個令人毛骨悚然的物體，就像我曾經看過的「伯勞鳥插在樹枝上的獵物」的照片一樣。即使牠們和以前的樣子完全不一樣，我仍然一眼就認出來那是什麼。

「那是……撒拉弗和基路伯。」

撒拉弗和基路伯，俊生最寶貝的蜥蜴和蛇舅母。有著天使名字的兩隻爬蟲類，此時成了乾癟的屍體，被插在這種地方……

「這一定是古屋敷先生做的。」小葵哽咽地說著：「那個外公腦袋果然有問題。」

「我們走吧。」新名大哥低聲催促我們：「總之先去〈梨里香的房間〉和古屋敷先生談一談。」

我們追著走在前面的新名大哥衝上樓梯，先經過連接房子二樓東西兩端的走廊，接著衝向位在最東邊的〈梨里香的房間〉。

途中我曾經一度停下腳步，和生日派對那天晚上一樣，輕輕地打開了眼前〈俊生的房間〉那扇明亮的藍色房門。

房內仍然只點著夜燈，光線微暗，有個蓋著棉被躺在床上的影子……和那天晚上一模一樣。唯一不同的是，那天晚上靠在床邊的枴杖消失了，取而代之的是一台放在床邊的輪椅。

「更糟糕的時候連撐枴杖都沒辦法行走。」

我想起新名大哥說過的話。現在的俊生雙腿已經惡化到這種地步了嗎？可是古屋敷先生卻還……

「……俊生。」

當我不知不覺開口之際——

「永澤，快點過來。」新名大哥催促著我。「小葵也快點。」

新名大哥站在〈梨里香的房間〉那道明亮的粉紅色房門前，我和小葵也隨後跟著。

「古屋敷先生。」

新名大哥握著房門門把，喊著室內的古屋敷先生。

「古屋敷先生，我照你說的進來了，永澤和小葵也和我在一起。古屋敷先生？」

沒有任何回應，所以新名大哥轉動門把試著打開房門，然而——

「打不開——從裡面鎖上了。」

新名大哥的聲音在靜悄悄的館內響起，此時再過幾分鐘就七點半了。

第三部

在那之後的驚嚇館

1

一九九四年的十二月二十五日——也就是距今差不多十年半前的那個晚上，兵庫縣A＊＊市六花町的古屋敷宅邸，俗稱「驚嚇館」裡發生了殺人案件……

被害者古屋敷龍平遭人以刀刃刺中背部，氣絕身亡。兇器為生日派對上表演腹語時所使用的金色刀柄水果刀。根據驗屍的結果，推測死亡時間為當天下午六點半左右。此外，包含兇器在內，現場各處並未發現任何可疑的指紋。

警方朝外人侵入屋內的方向進行調查，然而自從事件發生之後，一直到我們抵達古屋敷家為止，沒有任何目擊者可以證明有人來過驚嚇館，也掌握不到犯人的逃亡路線，因此就在無法確定「犯人」身分的情況之下，調查陷入了僵局。

經過十年之後，仍舊沒有聽說逮捕犯人的消息。我在名為「中村青司的『館』與殺人事件」的網站上看到關於「驚嚇館殺人事件」的記載，大致上並沒有錯誤。

2

「小偷下手的可能性很大。」

「最近這裡發生不少小偷行竊的案件，上個月這一帶也發生過針對老人家下手的強盜案件，說不定犯人是同一個。」

那年聖誕節的晚上，當我們被留置在屋內接受警方訊問時，我聽到刑警之間的對話。我到現在都記得很清楚，那是身材跟聖伯納犬一樣壯的年輕刑警，和駝背、長著一張狐狸臉的中年刑警。

「犯人為了行竊潛入屋內，在那個房間裡被屋主逮個正著，在扭打的過程中用那把刀子……」

「刀子似乎本來就放在那個房間裡，所以應該不是打算殺人才闖進去的。」

「這個案子應該是意外發生的。」

「如果犯人的目的是殺人的話，那他應該會自己準備兇器。也有可能是犯人準備了，卻沒時間使用？——對了，被害者的背心口袋裡有硝化甘油的舌下錠，那是治療狹心症的藥。很可能是在跟犯人扭打時心臟病發，所以才會毫無抵抗地被刺死。」

「不管怎麼說，犯人在殺害屋主後，因為心生恐懼，所以什麼東西也沒偷，就這麼直接逃走了。應該可以這麼假設吧。」

「是啊。犯人從院子裡爬上隔壁房間的陽台，再沿著同樣的路線逃走。如果雪早一點下，而且沒有融化的話，就有可能留下清楚的腳印了……」

在他們討論的過程中，我們一直被問到：「前往古屋敷家的途中，有沒有看到任何可疑的人物？」關於這一點，我們也只能老實回答。

但是在回去之前，我想起了上個月在小公園裡碰到的那個可疑男人。體型像聖伯納犬的年輕刑警在聽到我的話後露出濃厚的興趣，但是——

「兩人座的藍色敞篷車？高高瘦瘦的四十歲男人？他跟你說了設計這棟房子的建築家的事情？」

狐狸臉的中年刑警歪著頭這麼唸了幾句後，便點了點頭說：「原來如此。」然後微笑地說道：「如果是那個人的話，他和案件沒關係，不用在意。」

之後，刑警們便不再詢問任何關於小公園那個可疑男人的事情。

為什麼？為什麼他可以那麼肯定地說那人和案件無關？——我當時感到十分疑惑，也很不滿。

我還記得在事件發生的兩天後，又聽到了令人訝異的新消息，那是新名大哥打電話來告訴我的。

「我今天跟刑警見面了，他們又問了我和之前相同的問題，真是煩死了。不過他們倒是告訴我一件事——」新名大哥像是在壓抑興奮的情緒似地，緩緩地吐了幾口氣。「他們告訴我，俊生的媽媽——也就是古屋敷美音不見了，聽說收容她的精神病院怎麼找也找不到。」

「什麼？」我不禁用力地握緊了話筒。「不見的意思是……逃走？」

「就是這樣。而且更重要的是，她是二十五日那天逃走的，到現在已經過了兩天了，仍然沒有找到她。」

「這是說，莫非……」

「警方認為她從醫院逃走之後，很有可能會回到六花町的娘家。既然這樣，說不定是她殺死古屋敷先生的……總之警方有把這樣的可能性納入考慮當中。」

在即將發生某件特別的事情時，總是會有一些奇妙的偶然同時發生。

——雖然很難用言語清楚表達，但是我想我們當時的確在思考這件事。

3

我們最擔心的當然是俊生。

那天晚上一直到警察抵達為止，俊生都睡得很熟。當警察搖醒他，告訴他外公的死訊時，他就像靈魂出竅似地再次失去了意識。——總之警察決定保護他，將他送到A＊＊市的醫院去。

隔天，我們雖然立刻去醫院探望他，卻被醫院拒絕了。聽說他雖然恢復了意識，但是因為受到的打擊太大了，不論誰跟他說話，他都毫無反應。雙腿的狀況也已經惡化到要坐輪椅才行。

出乎我的意料，俊生的狀況一直沒有好轉——

過完年後沒多久，我們終於被允許進入俊生的病房，那是一月七日星期六的下午。我已經決定再過一個星期就要和爸爸前往美國了，所以對我而言，那是最後一次見到俊生的機會。小葵和新名大哥也一起來到醫院，兩人看來都十分緊張。不用說，我也和他們一樣緊張。

這時候，俊生的病房裡有個自稱是他親戚的人也在場，她是個三十歲左右的小個子女性。原來對方是多年前去世的古屋敷太太的姪女，她看起來是個溫柔、穩重的人，所以我安心了不少。

俊生雖然坐在病床上，但是他似乎沒有發現前來探望他的我們，一直沉默不語地看著窗戶。

「朋友來看你了喔。」

俊生的親戚雖然這麼對他說，但他仍舊沒有轉頭看我們。

「他一直都是這個樣子。」俊生的親戚輕輕地嘆了口氣。「他應該可以聽到我們的聲音，也知道我們在說什麼。就連醫生也不知道為什麼會這樣……」

「俊生。」

新名大哥走近床邊，輕輕地呼喚他：「已經沒事了，你什麼都不用擔心。」

「俊生。」接著小葵也站到新名大哥身邊說道：「如果你有任何問題，我們大家都會幫你的，你要快點好起來喔。」

「俊生。」

我走到病床的另一邊，湊近一直看著窗戶的俊生的臉龐。他那光滑的白皙肌膚和鮮紅的雙唇和以前一樣，完全沒變，只是茫然睜開的雙眼看起來十分空虛，而且臉上毫無表情。

「俊生，這個還你。」

我一邊說著，一邊從包包裡取出一個小盒子，放在床邊的茶几上，那是俊生送我的生日禮物，秘密盒。

「因為你的提示，我才能打開……只是太晚了，所以我要還給你，對不起。」

俊生什麼都沒說，只是轉動了一下眼睛，我知道他在看茶几上的小盒子。

「我一直沒告訴你，我馬上就要跟我爸爸去美國了，會有好一陣子——說不定是好幾年都會在那裡生活。雖然我們無法再見面了……但是總有一天，我一定會再來玩的，所以……」

俊生的眼睛又轉動了一下，這次他看著我的臉。

這時，他對著因為驚訝而說不出話的我露出了奇妙的微笑。雖然只是一眨眼的事情，但我想那不是我的錯覺，那是——那個微笑……

在不到半小時的面會過程中，俊生仍舊什麼都沒說，只是在我們要離開時，慢慢地轉頭看著我們，接著稍微動了一下嘴唇。

雖然我聽不見他的聲音，但我看得出他說了聲「謝謝」。我想那不是我的錯覺。

4

當我和爸爸兩人一同前往美國，在伊利諾州的大城市芝加哥開始完全陌生的異國生活時——

爸爸從外面打電話回家告訴我那令人震驚的消息：

一九九五年一月，日本時間十七日，清晨五點四十六分，發生了阪神淡路大地震。

5

鄰近神戶的Ａ＊＊市也被這場大地震波及，損害狀況十分嚴重。我第一時間就想知道俊生、小葵和新名大哥的安危，然而對於遠在異國的十二歲孩子而言，要獲得相關消息實在太困難了。

好不容易得知相關消息時，已經是地震發生後一個月左右的事情了。俊生和小葵似乎平平安無事，但新名大哥則因為居住的公寓倒塌而死亡了。前一年年底從醫院逃走的古屋敷美音仍舊行蹤不明，說不定她也被捲入了地震……在事件過了一陣子之後，也曾經傳出這樣的傳聞。

可以的話，我真希望能夠立刻回到日本，至少讓我確定俊生和小葵平安無事。然而，這對當時只有十二歲的孩子而言，根本是不可能的事情。

歲月無情地流逝著，我拚命地將那些以各種型態讓我煩惱的往事塵封在回憶裡——

6

從那之後經過了十年半的時間，現在的我獨自一人在東京生活，身分是T＊＊大學文學院四年級生。雖然預定明年春天畢業，然而我還沒決定之後的出路。

父親努力地在美國求學的結果，讓他成為眾人眼中優秀的日本律師，他似乎打算一直留在美國工作。

我獨自一人回到日本是在三年前——也就是我十九歲的時候。

我從美國的高中畢業後，猶豫了好一陣子，終於下定決心回國就讀日本的大學。我想以自己出生國家的語言再次學習自己國家的文化。爸爸並沒有露出驚訝的表情，只說了：「你就照你自己希望的去做吧。」

我到現在還是不知道自己三年前下的決定究竟是否正確。

媽媽已經在五年前再婚，據說目前住在福島一帶，我再也不曾見過她。我想，我的心裡或許對和她碰面一事感到害怕。

再訪驚嚇館

1

那是我在學生街上的舊書店偶然發現並買下《殺人迷路館》後的隔天——

那天是星期一，我下午有一堂課，但是我決定蹺課，獨自到東京車站搭上西行的新幹線。列車開動後，我才後知後覺地發現——今天不正是六月六日嗎？

我其實一直對於要不要回去一事感到迷惘，然而一旦從腦海深處抽出那個事件的記憶後，我實在無法若無其事地再將那段記憶推回內心角落，我無論如何都辦不到。

前一天晚上我幾乎無法成眠。讀完《殺人迷路館》後，我只在沙發上睡了兩、三個鐘頭，醒來之後……不，或許在半夢半醒的時候也一直在面對小時候那段「驚嚇館的回憶」。

那個事件的犯人究竟是誰呢？

明知故問——整個晚上我一直反問著自己這個我應該十分清楚的問題。

殺害古屋敷先生的真正犯人究竟是誰呢？於是，我想起了……

在我前往美國後，有段時間我偶爾會和湖山葵通信。透過她的信件，我了解了很多地震後的狀況。然而，過了一、兩年後，來信次數漸漸減少，到最後便失去聯絡。現在想想，我不再閱讀喜愛的推理小說，剛好也是那個時期。

三年前剛回國時，我曾經試著聯絡她，但是當我發現她之前的電話號碼已經不再使用時，我便很乾脆地放棄了。我一方面雖然感到有些失望，然而一方面又覺得鬆了口氣。當時的心情——就像是面對再婚的媽媽一樣，我內心其實十分恐懼。我對於到底該不該去找小葵和俊生，以及了解他們兩人現在的狀況，內心相當的不安。

我坐上了西行的「希望號」，或許因為是平日的午後時間，自由席車廂裡的空位相當多。我靠在窗戶上眺望著佈滿沉重烏雲的天空，開始回想十年半前的聖誕夜。

那個晚上真正的犯人究竟是……

2

當我和新名大哥兩人一起撞破房門後，我們三人一同踏進了〈梨里香的房間〉，那個時候——

當時發生了什麼狀況，我們都看得清清楚楚。

除了房門被鎖上之外，房內的鑰匙孔上還插著鑰匙，而且門上的鎖鍊也是掛著的。彩繪玻璃沒有任何異狀，兩道上下開啟式的窗戶也關得緊緊的。窗戶外面是十分堅固的木頭格子，窗戶玻璃當然也沒有任何被割開打破的痕跡……

接著是「七彩驚嚇箱」。

二十八片七色嵌板──牆壁上的「驚嚇箱」的蓋子全部都關著，沒有任何一個是開著的。所以不用說，通往隔壁房間的秘密門也沒有開啟。

只要按照一定的順序打開七彩驚嚇箱的話，鎖就會打開，秘密門便會自動開啟。然而只要先關上那道門，再關上驚嚇箱的蓋子，門便會自動鎖上。這樣一來，從隔壁的房間就無法打開那扇秘密門。也就是說，這扇門基本上只能從〈梨里香的房間〉打開，因此──

房內狀況一目了然。在七彩驚嚇箱全部關上的情況之下，沒有人可以使用那道秘密門逃到隔壁房間去。

因此當時新名大哥對我說道：

「這個房間是──密室。」

密室。

不論是正常的門窗或是秘密門，所有的出入口都從房間內部被關閉，四周完全沒有人逃脫的痕跡，這是完全的密室——而古屋敷先生卻在這個密室裡，背上被插了一把刀子死了。

——也就是說？

既然沒有任何人逃脫的痕跡——而且根本逃不出去，那麼答案只有一個。犯人此時仍舊在這個房間裡——只有這個再單純也不過的答案。

然而，當時房內並沒有任何可疑的人物。所謂「可疑的人物」指的是「不應該出現在那裡的人」，而且房間裡沒有任何可以讓人躲藏的空間。

這麼說來——

只剩下一個可能性。

在確定現場的確是密室之後，我和新名大哥還有小葵只能接受唯一的可能性，那就是——

犯人就是放在這裡的「梨里香」，只可能是它。

當我們撞破房門時，「梨里香」隨意地靠著東邊的牆壁，雙腿向前伸直地坐在地板上。當小葵發出尖叫聲、新名大哥喊著「古屋敷先生！」衝到他身邊時，梨里香仍舊動也不動地以空虛的眼神看著趴在地上的古屋敷先生。

鮮豔的黃色洋裝，垂到胸前的金色長髮，蝴蝶形狀的翠綠色髮飾，睜得又圓又大的藍色雙眼——我們三人一開始就知道，坐在地板上的「梨里香」不是原來放在這個房間內的「梨里香」，那是完全人偶化、不是真正的梨里香的「梨里香」……俊生。

俊生瘦小的身軀穿著和梨里香相同的黃色洋裝，戴著和梨里香一樣的金色長假髮，然後戴上和梨里香眼睛同樣顏色的隱形眼鏡。接著，他還和梨里香一樣，從嘴角兩端到下巴畫了兩道粗粗的黑線——那是張十分詭異、腹語表演用的臉孔。

我們不是第一次看到這樣的俊生。

對，在兩個星期前，十二月十二日的生日派對上，我們便已經在這個〈梨里香的房間〉裡，看過完全「梨里香化」的俊生了。

3

那天晚上，從音樂室回到餐廳休息的時候，古屋敷先生命令俊生「該去睡覺了」，然後自己也跟著俊生上了二樓。他同時還告訴我們：「接下來是有趣的表演。」過了整整二十分鐘後，古屋敷先生便叫我們前往〈梨里香的房間〉——

進了房間後，我首先被七彩驚嚇箱的蓋子打開的景象嚇到了，接著看到開啟的秘密門，以及房間裡出現了放在隔壁房間的「驚嚇館模型屋」，這讓我更加訝異。當古屋敷先生叫我們坐在椅子上的時候，我才發現眼前有更應該驚訝的東西。

那就是坐在古屋敷先生身邊的「梨里香」。

最初，我懷疑自己的眼睛有問題，因為坐在我眼前的並非是梨里香人偶，而是被裝扮成和梨里香一模一樣的俊生。而且古屋敷先生還將俊生當成真正的人偶操弄著。他將右手繞到俊生背後，潛入他的衣服下，表演著和我之前看過的同樣拙劣的腹語劇。而俊生也完全化成梨里香，配合著古屋敷先生發出的「梨里香的聲音」，以人偶的動作喀啦喀啦地開合著雙唇，眨著雙眼……

面對這實在太過詭異的光景，我一句話也說不出來。與其說是俊生完全化為梨里香——不如說他被強迫化為梨里香。我看著他空洞的雙眼，感到毛骨悚然。新名大哥和小葵想必和我有相同的感受。接著——

我們戰戰兢兢地在椅子上坐下，屏氣凝神地注視著那兩人演出的腹語劇——「驚嚇館的起源」。

從頭到尾都只有古屋敷先生一人說著台詞，俊生＝「梨里香」只是一心一意地「動著嘴巴」、「眨著眼睛」、「搖著頭」地演著「人偶」。

在表演結束時，古屋敷先生拿起準備好的水果刀揮向「梨里香」時也是。我們當時心想「不會吧」，慌張地想阻止古屋敷先生將水果刀刺向「梨里香」胸口，然而俊生卻始終毫無表情，繼續扮演著無法說話和行動的腹語人偶。

我屏住氣息注視著詭異的腹語劇，同時又想起一件事，這麼說來——

我在十月初第一次帶小葵去驚嚇館玩，也第一次在〈梨里香的房間〉看到古屋敷先生的腹語表演，他還說要在十二月舉辦俊生的生日派對。當時，古屋敷先生自己說：「這樣的話，現在開始就得做很多練習了。」那時我不太懂究竟要練習什麼，我想那應該是指和俊生兩人一同演出「驚嚇館的起源」的練習吧。

如果在表演結束的瞬間，俊生立刻恢復原來的狀態，和古屋敷先生一起微笑著解釋的話——就算那並不像古屋敷先生預告的「有趣的表演」，從某個角度來看，我們也可以將其視為是非常適合「驚嚇館生日派對」的有些特殊的餘興節目。然而——

就算古屋敷先生說了「到此結束」，俊生還是沒有恢復成俊生，仍舊是不發一語的「梨里香」狀態。他的模樣已經不能說是「演技」，而是「催眠狀態」或是「失神狀態」了。

留下那樣的俊生離開〈梨里香的房間〉後，我很在意地再次偷看了〈俊生的房間〉一眼。在微暗的燈光下，我確認了睡在床上的其實不是俊生，而是從〈梨里香的房間〉

運來的人偶梨里香……

4

為什麼古屋敷先生要對俊生做那種事情？為什麼俊生還乖乖地聽從呢？

我拚命地想像各種可能。

古屋敷先生因為心愛的梨里香死亡而太過悲傷，所以將那個腹語人偶取名為梨里香。他透過操作人偶演出腹語來安撫自己的悲傷，而欣賞腹語表演的觀眾就是俊生。他和外公一起和外公演出的梨里香說話，或許剛開始只是一個毫不起眼的小遊戲，但是不知從何時開始，古屋敷先生——說不定俊生也是——開始感覺到梨里香人偶身上的確寄宿著梨里香的靈魂……

我不知道古屋敷先生究竟是從什麼時候開始想讓梨里香的弟弟俊生打扮成梨里香，然後用他表演腹語，我也不知道他是從什麼時候決定要實現這個想法的。或許是在他說出得替俊生的生日派對「練習」後的十月底的某一天，當然也可能是更早之前。說不定，當我在暑假即將結束之際，第一次遇到俊生的時候，便已經開始了。

不管怎麼說，開開心心地在我們面前表演這種事的古屋敷先生，他的內心某處一定生病了——而毫不抵抗那種行為、就像是被催眠似的俊生，他的心裡一定也是哪裡出了問題……

所以小葵才會說古屋敷先生的腦袋有問題，還說他在虐待俊生這種話。

我無法判斷俊生身上的傷是不是也是古屋敷先生打的……然而，被瘋狂的外公逼迫在腹語表演中演出詭異的「人偶」，就已經是一種殘酷的虐待了。或許幫傭的關谷太太之所以辭職，就是因為察覺到這件事情——新名大哥也和我有相同的想法。

我們開始認真地談論著拯救俊生的方法，我們下定決心要拯救他。

5

因此，有關聖誕節的晚上殺人事件的真相，對於知道內情的我們而言，答案再明顯也不過了。

那天晚上，古屋敷先生再次將俊生打扮成梨里香，等待我們的到訪。他打算用「梨里香」表演腹語給我們看。雖然他說要表演「接下來的故事」，但說不定內容和我們之前看過的「驚嚇館的起源」沒什麼兩樣——

離約好的七點還有一點時間，古屋敷先生就已經準備妥當了。他讓完全梨里香化的俊生坐在〈梨里香的房間〉的沙發上，而將真正的梨里香放到〈俊生的房間〉的床上，還把輪椅推到床邊。生日派對那天也是這樣，他之所以刻意將俊生和梨里香「對調」，恐怕是為了提高俊生已變身為梨里香的暗示效果。

準備結束之後，離七點還很早，古屋敷先生開始練習接下來的腹語表演，也再次準備好水果刀當成小道具。此時，他鎖上房門，掛上門上鎖鍊，就像俊生曾經說過的，「外公練習的時候，總是從裡面上鎖，把自己關在裡面」一樣，接著——

雖然這一切都是我的想像，但我認為說不定是古屋敷先生在練習時，心臟病再次發作，而成為俊生犯罪的契機。

當俊生看到突然開始痛苦呻吟的古屋敷先生壓著胸口痛苦地跪在地上，試著往背心口袋裡摸索藥錠時——

俊生的內心突然湧現一股衝動，那是想要報復一直虐待自己的外公的衝動。

他完全沒有考慮後果——或許他當時的精神狀態根本就無法考慮任何事情。他抓起放在手邊的水果刀，將它刺進了跪在地上的古屋敷先生的背部。雖然俊生本來就沒什麼力氣，而且雙腳還不良於行，然而他的一刀還是讓古屋敷先生虛弱的心臟受到衝擊，沒多久就斷氣了……

下手之後，俊生慢慢爬著離開屍體，虛弱地靠在東邊牆壁。他陷入茫然失神的狀態，根本就沒想過要逃出房間。就算他想，房間內也沒有輪椅。爬過房間，打開門鎖，再爬到走廊……這些動作對當時的俊生來說一定會讓他難過地昏厥過去……

當我們撞破房門衝進房間之際，俊生＝「梨里香」仍舊是茫然地坐在牆邊，看來就像是睜著眼睛昏倒的狀態。就算新名大哥離開古屋敷先生的屍體走到他身邊，他也沒有任何反應；不論我們問他任何事情，他臉上空虛的表情也沒有任何變化。

察覺此刻房間裡出了什麼事情的我們，立刻面臨了極大的煩惱。

我們應該直接報警嗎？

6

——即使發生了那種事情，十志雄還是害死了一個人。

此時在我內心響起了爸爸嚴厲責備前年自殺的哥哥十志雄罪行的話。

——絕對不能原諒。就算人家罵他是殺人犯也沒辦法，畢竟這是重罪。

——就算有任何值得同情的理由，都不該奪走他人的生命，那可是重大的罪行，這個國家的法律就是這麼嚴格規定的。

我再怎麼樣都無法接受爸爸說的話，我內心一直懷疑：真的是如此嗎？

如果警察現在來到這裡，一定會判斷奪走古屋敷先生性命的犯人就是俊生。這樣一來，就算俊生有再多值得同情的理由，也一定會被貼上「殺害外公的可怕小孩」的「犯罪標籤」。法律或許不會以和成人相同的標準制裁一個十二歲的孩子，但是現實狀況一定會變成這樣……

「我能了解俊生的心情。」新名大哥低聲喃喃自語。

「他一定不是真心想要殺害外公的。不論受到多麼殘酷的虐待，只要對象是自己的親人，孩子便無法打從心裡憎恨對方。就算曾經有過對方如果死了該有多好的想法，但下一瞬間一定會後悔、難過，甚至討厭這樣的自己，不知該怎麼辦才好……」

新名大哥的聲音聽來十分痛苦，就像我想起了十志雄和爸爸一樣，我想他一定也想起了一直都沒見面的媽媽。

「這不是俊生的錯，絕對不是他的錯。」小葵淚流滿面地對我們說：「錯的是他外公，他一直在虐待俊生。他逼俊生打扮成人偶，逼俊生和他表演腹語，還殘酷地對待他的寵物……所以俊生才會終於忍耐不住……」

「——我們幫助俊生吧。」我下定決心地說道：「我們一起幫助俊生。」

「我們可以幫他嗎？要怎麼做？」小葵以衣袖擦乾滿臉的淚水。

「那麼就將這間密室……」

「我知道永澤你現在在想什麼。」新名大哥嚴肅地緊盯著我：「你想藉著改變案件的類型來幫助俊生吧？」

「對，就是這樣。」

我雖然害怕，卻還是用力地點了點頭。

7

確定大家意見一致之後，我們便開始快速地著手進行「必須先做的事情」。

我們首先將俊生帶回〈俊生的房間〉，幫他換上睡衣，拿下假髮，拔下隱形眼鏡，擦掉臉上的黑線。黑線似乎是以木炭之類的東西畫上去的，所以用濕毛巾一下就擦掉了。還好古屋敷先生並沒有大量出血，俊生的手、臉和衣服上幾乎都沒有沾上血跡。

俊生在這段時間內仍舊處於失神狀態，但是新名大哥不停地告訴他「沒事的」、「你一直在房間睡覺，什麼事都不知道」。當我們讓俊生躺下後，或許是因為身心的壓力都已到達極限，他立刻就陷入深沉的睡眠。

接著，我們將梨里香人偶搬到〈梨里香的房間〉，放在俊生剛剛坐著的位置。新名大哥則將俊生穿的洋裝和假髮塞進背包，打算帶回家處理。就算警察來了，應該也不至於檢查我們的隨身物品。

之後，我們再仔細地檢查了一次〈梨里香的房間〉。窗戶真的沒有異狀嗎？牆壁的驚嚇箱全都關上了嗎？被我們撞破的房門和周圍沒有任何被動過手腳的痕跡嗎？真的沒有第三者躲在某處嗎？

我們再次確認房間自始至終一直處於完全的密室狀態，犯人除了本來就待在房裡的俊生之外別無其他嫌疑犯的事實後，開始進行下一個作業。

我們沒有辦法把被我們撞壞的房門恢復原狀，但也不能告訴警察「因為從裡面上鎖了，所以我們才撞壞門」。這麼一來，警察理所當然會懷疑犯人究竟是從哪裡逃走的。而且就算我們把插在房門內側鑰匙孔上的鑰匙拿下，放在房間外某處，門上的鎖鍊也是個問題。

這時候我們想到的偽裝方法是——以正確的順序打開七彩驚嚇箱，讓連接這個房間和隔壁房間的秘密門開啟，只要讓現場看起來不是密室就可以了。

隔壁房間位於走廊上的那道房門則被鎖上了，那是和〈梨里香的房間〉的房門同樣老式的門鎖，沒有鑰匙的話是打不開的。因為我們沒時間找出鑰匙，所以便打開了通往陽台的門，好讓警察的注意力轉向「從外部侵入的第三者」。

當時外面仍然在下雪，所以沒有留下腳印應該不會造成什麼問題。但我們三人還是在打開房門後，在陽台上和通往院子的樓梯上隨意地留下自己的腳印，好隱藏原本根本沒有任何腳印的事實。當然我們也沒忘記擦掉插在屍體上的刀子指紋。

我們大概花了三十分鐘左右完成所有的偽裝工作。

我們在七點來到古屋敷家，但是按了門鈴後卻沒人應門。因為不能隨便進入人家的家裡，所以我們便稍微在雪中散步一會兒後，再次回到這裡。可是仍舊沒有任何人出來開門，我們覺得很奇怪，便戰戰兢兢地走進去……我們想好了所有細節和說詞後，由新名大哥打了一一〇報警。

就這樣，等到飄下的雪花變成細雨後，大批的警察來到了驚嚇館。

正如我們所計畫的，在房裡睡覺的俊生一開始便被排除在嫌疑犯之外，警方始終懷疑是「從外部侵入的第三者」所犯下的案件。當時A＊＊市內發生了一連串闖空門和強盜案，這也在我們的計算之內。這時我會突然想要告訴刑警們在小公園裡碰到的可疑男人的事情，也是為了讓他們將注意力放在「外來者的犯案」。

但是老實說，我的——我們的內心一直都害怕不已。我們為了幫助俊生所進行的偽裝工作，會不會在哪一天突然被警察看穿了……

8

事件發生不到一個月就發生那起大地震，對我們而言或許可以稱之為某種幸運。一般而言，這當然不是什麼「幸運」，因為很多人都因為那場地震遭遇不幸，就連「同伴」之中的新名大哥，都死在那場地震中。然而——

當時如果沒有那場大災難，警察或許會重新啟動調查，修正調查方針，而或許就有人會察覺到我們試圖隱瞞的真相。

原本就不存在的「外來者」的足跡、持續發生的闖空門和強盜案、從醫院逃走的美音行蹤……這些事都猶如被那場地震吞掉似的，一切就這麼曖昧不明地結束了……

9

我在新神戶轉搭另一線的電車，重新造訪這個十年半不見的街道。車站周圍的建築物和以前完全不同。我碰見新名大哥的速食店現在已經不存在了，我和爸爸曾經住過的大樓也被改建成別的新大樓。

「屋敷町的驚嚇館」現在仍舊在原地嗎？

小葵當年寄給我的信上說，驚嚇館並沒有因為地震受到太大的損害，但在那之後的狀況我就完全不清楚了。我不知道那棟房子還在不在，如果還在的話，有人住嗎？如果有人住的話，又會是什麼人？……

出發時的東京天空沉甸甸的，似乎隨時會下雨，不過這裡則是豔陽高照。我循著孩提時代的記憶，獨自一人前往驚嚇館。

在走向山區的路上，我發現到處都是充滿回憶的景色。雖然我在電視新聞上看過好多次地震的慘狀，不過這一帶或許是地震狀況較輕微的地區，我循著記憶來到了六花町，到處都是和以前沒有太大變化的房子——一股懷念之情油然而生，我的眼淚在眼眶中打轉。

我走到六花町東邊郊外的某處，那棟我熟悉的豪宅還是矗立在那裡。和往昔一模一樣，絲毫沒變……但是仔細一看，圍著房子的紅磚圍牆佈滿裂痕，也有修繕過的痕跡，建築物本身也和圍牆是同樣的狀況。房子大門緊關著，青銅格子的鐵門上掛著生鏽的鎖鍊，門柱上沒有門牌——現在這裡已經沒人住了嗎？

我半是失望，半是放心，並沒有停下腳步駐足觀看，而是直接通過門前。

我接著走向同樣位在六花町的小葵家，但是那裡則出現了一棟新蓋的房子，門牌上也不是「湖山」。

在離開小葵家舊址後，我被一股無法抑制的衝動驅使，爬上了山丘上的小公園。傍晚的公園裡沒有人影，簡陋的遊戲器材和以前一模一樣，我所熟悉的攀爬架也還在原處，只是被重新漆上了明亮的水藍色。我爬上攀爬架，在當年同樣的位置上坐下。和當年一樣，仍舊能從這裡清楚看見六花町內的許多房子。我瞇起雙眼，試著從那些房子中尋找驚嚇館，但是和當年不同的是，旁邊並沒有遞給我望遠鏡的男人。

當年我在這裡碰見的那個可疑男人……

我追溯著遙遠的秋日回憶，雙手按著膝蓋上的手提包，裡頭裝著那本──《殺人迷路館》。

這本書的作者，鹿谷門實。

前一天看到他的照片時，我有種似曾相識的感覺，沒多久後終於想起，他不正是我當年在小公園遇見的男人嗎？

前一晚讀完《殺人迷路館》後，我立刻在網路上查詢名為鹿谷門實的推理小說家。這才知道，他和在《殺人迷路館》中出現過的建築家中村青司有著複雜的關係，我還發現有人稱呼他為「中村青司的館痴」。當鹿谷走訪各地的「青司之館」時，有時會和真實發生過的殺人事件扯上關係，甚至幫忙解決問題。

所以他才會——

一九九四年十一月的那一天，他因為其他的事情來到了這裡，然後抱著他當年說過的「一開始就知道應該進不去」的心情拜訪驚嚇館。他或許也對兩年前發生在那棟房子的梨里香事件感到興趣，而進行過一些調查，那麼他就很有可能和當時的警方相關人士見過面。

那個調查古屋敷先生案件的中年狐狸臉刑警，或許以前便認識鹿谷了，所以那個晚上，當我告訴他自己在小公園碰到了可疑男人時，他才會很肯定地說「如果是那個人的話，他和案件沒關係」——對，他們一定是這種關係。

我坐在攀爬架的一角，往西邊的天空望去時，發現那裡已經被夕陽染成一片紅色。我不由得想起在小學六年級的暑假尾聲，我第一次在驚嚇館遇見俊生的那一天。那天的夕陽像是火山岩漿一般，有著十分不可思議的顏色。

10

在事件發生之後，我離開這個城市去了美國——

我一點一點地把「驚嚇館的殺人事件」相關的記憶推到內心深處，將它們統統鎖在裡面。在和小葵失去聯絡後，我更是努力地避免回想起那一切。

然而，即使如此，我仍舊悄悄地在意一件事情，那就是——

梨里香和俊生的父親。那個讓美音生下兩姊弟的男人。古屋敷先生痛罵他是「像野獸的男人」、「那頭野獸」、「畜生」，然而，他究竟是什麼樣的人呢？

事到如今，我當然不知道這個問題該問什麼人，也無法確認，只是——

我記得新名大哥曾經這麼說過：

「我覺得古屋敷先生那麼溺愛養女美音，如果不是他看得上眼的男人是不可能和美音結婚的。在那之後，我也想過莫非他……」

新名大哥只說了這些。當時的我並不知道隱藏在那句「莫非他」之後的是什麼，但是，如今我懂了。

新名大哥當時一定是想說，讓美音生下兩個孩子的男人莫非就是古屋敷先生自己。就算沒有血緣，古屋敷先生和美音仍然是養父與養女的關係。我不知道美音是怎麼看待這件事情，但是從那場腹語表演的台詞看來，古屋敷先生一定對於自己的所作所為感到羞恥而憤怒。而美音會認為自己的女兒梨里香是「惡魔的孩子」，或許也是受到同樣原因的影響。

說到腹語表演，現在回想起來，當時古屋敷先生的言行之中有些奇怪的地方，那也是我一直耿耿於懷的事情之一。

當表演即將結束之際，他從圓桌上拿起刀子，揮向「梨里香」——他對我們的勸阻置若罔聞，拚命地刺向沙發的靠背，並且發出痛苦的低吟聲，接著開始狂亂地問著：「為什麼？」

——為什麼要讓我做出這種事？為什麼……

他究竟在對什麼人說話呢？

還有那個隱藏在秘密盒中的訊息。

我坐在攀爬架上，從手提包上的口袋裡抽出車票夾，裡頭放著當時的紙條。那張已經泛黃的小紙條上，用鉛筆所寫的內容仍然清晰可見——「Help us！」

當時我認為「us」應該是指俊生、梨里香人偶和梨里香。對俊生來說，有如「活生生」存在的梨里香人偶和死去的姊姊梨里香跟自己是同一國的，俊生和她們都一直忍耐著殘忍的虐待，所以才希望我能救救「他們」。當時我是這麼想的——然而，事情果真是如此嗎？

當我一旦開始懷疑，想像的內容便開始朝向恐怖的方向發展。

如果「us」不是「俊生、梨里香人偶和姊姊梨里香」的話，那究竟是……

在前往美國之前，我最後一次在病房裡見到俊生時，他對我露出了短短的微笑——

隨著那個微笑，我的想像更無法克制地膨脹起來。

那時候那個難以言喻的奇妙微笑。

我記得以前也曾見過一次類似的微笑。那是在我和小葵被叫去古屋敷家，俊生示範了打開秘密門的機關，我們三人進去隔壁的房間後，俊生緊盯著玻璃箱中的「驚嚇館模型屋」時，在唇邊露出的微笑。

那是個冷漠到令人感到不舒服的詭異微笑……隱藏在那個微笑背後的，到底是——是存在於俊生身上的某種邪惡嗎？現在的我不由得這麼想。

存在於俊生身上的某種邪惡……

如果我的直覺是正確的，那麼那股邪惡的真面目究竟是什麼？或許就是——

這也許可以說是荒唐無稽的想法，可是那說不定是來自於死去的惡魔的孩子——梨里香的邪惡。

這種想法說得通嗎？

因為古屋敷先生的一個念頭，被迫打扮成「梨里香」人偶的俊生內心不知從何時開始被「梨里香的靈魂」侵蝕了，那個對於玩弄人心和人命感到興奮不已的、惡魔的孩子梨里香邪惡的靈魂。

我不禁這麼想——

Help us!

讓古屋敷先生陷入瘋狂、做出異常行為的始作俑者，就是侵蝕俊生內心的「梨里香」，所以，當俊生也被他內心的「梨里香」操控時，就會做出違反他自身意志的行動……

撒拉弗和基路伯的死也是如此。或許殺害那兩隻寵物、並將牠們插在聖誕樹上的人並非古屋敷先生，而是俊生。俊生心中的「梨里香」受不了取了天使之名的撒拉弗和基路伯，所以才……

十年半前的聖誕夜，在那間密室裡殺死古屋敷先生的人的確是「梨里香」＝俊生，但是事件的真相和當時的我們所想像的完全不同。

長期以來遭到虐待的俊生並非因為報復心的驅使才做出那種事，而是——俊生心中的「梨里香」操縱他的身體引發的慘劇。說不定，不久之後抵達古屋敷家的我們會在事後為了守護俊生而做出偽裝工作，全都在那個惡魔的預料之中……

我再次看著從車票夾取出的泛黃紙條。

「Help us！」

「us」所表示的或許是俊生自己和古屋敷先生——如今的我是這麼認為的。這個訊息在傳達「請拯救我跟外公逃離我體內邪惡的『梨里香』」，這才是俊生瞞著自己心裡的「梨里香」偷偷寫下這張紙條的真正用意。

我的想法沒有任何根據，甚至完全背離事實。不論跟多少人說出我心中的想法，我想沒有一個人會相信我，他們會嘲笑我「這根本就是恐怖電影的劇情」而對我的想法不屑一顧。但是——

那個事件的犯人究竟是誰？我為什麼會不停地反覆著如此恐怖的自問自答？那個聖誕節晚上事件的犯人究竟是誰？而當時我們三人做的事情，真的是「正確的」嗎？

11

等我回神時，周圍已經一片漆黑。我急忙離開公園，走下山丘……在回家之前，我再次經過驚嚇館門口，結果那裡居然——

「咦？」因為太過驚訝，我不由自主地叫了出來：「這是怎麼回事……？」

當我去公園之前，格子鐵門是緊緊關上的，然而此時門上的鐵鍊已經被拿掉，大門敞開著，而且在雜草叢生的庭院後面，那扇大門上的兩扇彩繪玻璃，此時正隱約透出了光芒。

這是怎麼回事？在這之後有人進入屋裡嗎……？

還來不及深入思考，我的腳已經踉蹌地往前踏出步伐。就像是小學六年級暑假的那一天初次穿過這道門的情景。

當我站在玄關前面時，大門像是等不及似地打開了，接著我聽到了——

「三知也，好久不見了。」

那是俊生的聲音，他似乎完全沒經過變聲期，那是和當年一模一樣的少年聲音。

「永澤同學？」

接著一旁又響起了我曾經熟悉的聲音。

「嚇我一跳，沒想到居然會在這裡見到你。」是小葵，她替我開了門。

我看見俊生出現在明亮的玄關入口正中央，他穿著宛如黑夜一般漆黑的黑色西裝，坐在輪椅上，緊盯著我。半年後就滿二十三歲的他，仍舊維持著少年時代的美貌和白皙的肌膚。

站在門邊的小葵已經出落成一個充滿女人味的女性了，她穿著猶如黑夜一般漆黑的黑色洋裝。雖然她留著一頭和以往不同的長髮，但是我仍舊能在她臉上看到當年的少女模樣。

「三知也，不要那麼驚訝。」俊生靜靜地說道。

不知道為什麼，我可以聽見走廊深處的客廳傳來了活潑熱鬧的音樂，和許多人正在談話似的嘈雜聲。

「快進來吧！你知道今天是什麼日子吧，很多人都來了。我們一起慶祝吧，慶祝梨里香姊姊的二十六歲生日。」

此時，露出詭異微笑的俊生，他的眼睛顏色變成了這世上不可能存在、不可思議的橘色。我清清楚楚地看見了。

後記

首先——給「少年少女」的你們

初次見面，我是本書的作者綾辻行人。

小時候的我，最先喜歡的是令人心跳不已的恐怖漫畫和連續劇，等我十多歲時第一次接觸到推理小說後，便愛上了這種「以完美的推理解決不可思議的謎團，找出意外真相」的故事。

在那之後，我「最喜歡的東西」就不曾改變過，甚至長大之後還因為「太過喜歡」而成了推理作家——寫到這裡，我不禁覺得自己還真是個單純的人。

不知道你喜不喜歡《殺人驚嚇館》？

如果讀完之後，覺得「這種書也挺有趣的嘛」的話——

請連同作品中出現的建築家「中村青司」，以及綾辻的名字一起收藏在心中某處。

將來如果碰到什麼會勾起這個記憶的情況時，請想起以前閱讀《殺人驚嚇館》時帶給你的感受，好嗎？

我會一直懷抱著這個小小的願望——

接著——給「曾經是孩子」的大家

在這本書的讀者中，或許有些是初次看我的作品的人，不過我想與其相比，應該有更多人都曾經讀過綾辻的小說。

聽到「推理王國」⑫的企畫內容並且接下委託時，我腦中首先浮現的是有點惡作劇的想法——來寫「館」系列的作品吧，而《殺人驚嚇館》的書名也幾乎在同時浮現在腦中。

其實當時也正是為《殺人暗黑館》而痛苦不已的時期。

雖然這本書表面上是「寫給少年少女的小說」，但實際上卻是館系列正統的第八部作品。中村青司在二十多歲接下的工作，正是「驚嚇館」，這也是他較早期的作品。

不過雖然這麼說，這部作品基本上還是為了「推理王國」系列所寫，為了能讓沒看過「館」系列的小讀者也能閱讀無礙，所以我花了很大工夫寫它。

因此，到目前為止都沒讀過「館」系列的讀者也請安心，我並沒有在這部作品裡直

⑫推理王國，講談社以「獻給曾是孩童的你，以及少年少女們」為題所開創的書系。

接提到其他系列作品的內容。

即使如此——

這次的書名開宗明義便是「驚嚇館」，究竟「曾經是孩子」的你，看了本書之後是否會多少感到「驚嚇」呢？——

身為作者，我也如同往常戰戰兢兢地交出作品。

最後——給所有幫助我的人

在這裡我要向所有幫助過我的人道謝。

我要先感謝「推理王國」的催生者宇山日出臣先生，我想這是我最後一次和您合作了。雖然我為了您所設定的高標準感到很痛苦，但是此時我覺得一切的痛苦都是值得的。真的非常謝謝您。

講談社的蓬田勝先生、里村孝人先生、渡邊綾子小姐和秋元直樹先生，我照例還是給大家帶來麻煩了，真的非常抱歉，也非常謝謝你們。

還有負責封面和內頁插圖的七戶優先生，我從您發表過的作品中獲得了許多靈感。負責裝訂的祖父江慎先生，我們這陣子經常一起合作呢。謝謝你們。

接著是老友飯島步先生，謝謝你總是親切地回答我唐突的問題，真是幫了我大忙。

最後也得稍微感謝一下另一位老友我孫子武丸，感謝你願意讓我摸你寶貝的馬力歐唷，真是謝謝。

二〇〇六年早春
綾辻行人

國家圖書館出版品預行編目資料

殺人驚嚇館 / 綾辻行人著；七戸優繪；張筱森譯.
-- 初版. -- 臺北市：皇冠, 2009.07；面；公分. --
(皇冠叢書；第3875種 殺人館系列；9）
譯自：びっくり館の殺人
ISBN 978-957-33-2559-8 (平裝)

861.57 98011244

皇冠叢書第3875種
殺人館系列 9

殺人驚嚇館
びっくり館の殺人

作　　者—綾辻行人
繪　　者—七戸優
譯　　者—張筱森
發 行 人—平雲
出版發行—皇冠文化出版有限公司
台北市敦化北路120巷50號
電話◎02-27168888
郵撥帳號◎15261516號
皇冠出版社(香港)有限公司
香港上環文咸東街50號寶恒商業中心
23樓2301-3室
電話◎2529-1778　傳真◎2527-0904
出版統籌—盧春旭
美術設計—王瓊瑤
印　　務—林佳燕
校　　對—邱薇靜・余素維・賴郁婷
著作完成日期—2006年
初版一刷日期—2009年7月
初版二刷日期—2014年4月
法律顧問—王惠光律師

如有破損或裝訂錯誤，請寄回本社更換
讀者服務傳真專線◎02-27150507
電腦編號◎031021
ISBN◎978-957-33-2559-8
Printed in Taiwan
本書定價◎新台幣250元/港幣83元